愛情契約

秋山みち花

幻冬舎ルチル文庫

CONTENTS ✦目次✦ 愛情契約

✦カバーデザイン=小菅ひとみ(CoCo.design)
✦ブックデザイン=まるか工房

イラスト・陵クミコ✦

愛情契約

†

昔の記憶はいつも〝白い帽子〟に結びつく。

胸が震えるようにせつなくて、でも、どこか甘く懐かしい記憶……。

そこにはいつも〝白い帽子〟があった。

本当は、どんな形の帽子だったかまでは覚えていない。〝白い帽子〟というのは、当時の心象を象徴するもので、実際の帽子が白かったかどうかも覚えていない。それに、記憶にあるのは青い空と入道雲……蟬《せみ》しぐれ……燦々《さんさん》と降り注ぐ強い陽射《ひざ》し……思わず目を眇《すが》めてしまうほど真っ白に輝く帽子……。

眩《まぶ》しさの次に感じるのは胸の奥に沈む重い痼《しこ》りだった。

そして、じくじくとした鈍い痛みにも襲われる。

何故《なぜ》なら〝白い帽子〟は裏切りの記憶と結びついているからだ。

裏切られて傷ついたわけじゃない。

自分のほうが裏切った。

だから、いつまでも胸の痛みが消えないだけだ。

†

母と一緒に、屋敷の門を出ようとしていた時だ。

ふたつ年下の〝弟〟が、息を乱して追いかけてきた。

「ねぇ、どこに行くの？」

無邪気に呼び止められて、母が小さくため息をつく。

真夏の昼下がり。

古めかしい石造りの屋敷は、多くの船が停泊する港を見下ろす丘の上に建っていた。広大な庭には瑞々《みずみず》しく葉を茂らせた樹木がたくさんあって、蝉がうるさく鳴いている。

母はふわりとした白のワンピースに華奢《きゃしゃ》な作りのサンダル。まるで少女のように長い髪を背中に垂らし、白地にピンクの小花を散らした日傘を差していた。折り曲げた腕には小さな布製のバッグ。別にあらたまった格好ではなく、近所へちょっと買い物に出かけるといった雰囲気だ。

「お母さん、どこへ行くの？」

行き先を知らなかった自分は、〝弟〟と一緒になって母の白い顔を見上げた。

〝弟〟なのだから、連れていくのは当然のことだと思っていた。

だが、母は整った顔にきれいな微笑を浮かべ、優しい声で言ったのだ。

「――ちゃんはだめよ。連れていけないわ」

「やだ、ぼくもいっしょに行きたい。お兄ちゃんといっしょがいい」

普段は聞き分けのいい〝弟〟にしては珍しくわがままな言い方だ。

〝お兄ちゃん〟と呼ばれるのは、なんだかくすぐったい気分だった。

〝弟〟ができてから、そろそろ一年になるのだけれど、〝お兄ちゃん〟と呼ばれるのはまだ慣れない。誇らしさと気恥ずかしさに襲われて、胸の奥がとくんと弾んでしまう。だから、照れ隠しのようにそっと〝弟〟の手を握った。

ぎゅっと握り返された手は熱く、またほっこりとした気分が高まる。

「困ったわね……私たちは遊びに行くのではないのよ？　大事なご用があるの。だからね、あなたは連れていけないの」

声音だけは優しいままだけれど、断固とした調子で拒否されて、〝弟〟はきゅっと唇を噛みしめた。

わがままを言って困らせてはいけない。優しいお母さんは、本当のお母さんじゃない。だから、甘えすぎてはいけない。

利口な〝弟〟はちゃんとわかっている。だから必死に堪《こら》えているのだ。

「ねぇ、お母さん。――も連れていってあげて。――はすごくいい子だから、悪いこともしないし、じゃまだってしないよ？　きっとおとなしくしてるから、いいでしょ？」

横から懸命にお願いすると、〝弟〟は今にも泣き出してしまいそうに顔を歪《ゆが》めた。口には出さないけれど、「ありがとう、お兄ちゃん」という心の声が聞こえてくるようだ。

素直で可愛い弟が本当に大好きだった。

自分が口添えしたせいか、母はまた小さくため息をつく。

「仕方がないわね……。いいわ、そんなに私たちと一緒に行きたいなら、連れていってあげるわ」

「えっ、ほんとに？　ぼくもいっしょに行っていいの？」

〝弟〟は目を丸くしながら興奮気味に確認してきた。握った手にはぎゅっと力が入る。

「よかったね、——」

そう言って安心させると、〝弟〟は恥ずかしそうに、こくんと頷《うなず》いた。

「お母さん、ありがとう」

〝弟〟から視線を移すと、母はいちだんと優しげに微笑《ほほえ》む。そうして少し腰をかがめて〝弟〟の頬《ほお》に手を添えた。

「でもね、そのままじゃ、だめよ？」

「え？」

きょとんと首を傾《かし》げた〝弟〟に、母は姿勢を戻しながら言葉を続ける。

「今日はとても暑いから、そのままでは行けないわ。熱中症で倒れてしまうもの。お帽子を取ってらっしゃいな。ちゃんとお帽子を被《かぶ》らないと、ね？　——ちゃん、ひとりで取ってこられるわね？」

「うん！　ぼく、行ってくる！　帽子、持ってくるから、待ってて、お兄ちゃん！」

「うん、大丈夫だよ。ちゃんと待ってるから」

「約束だよ？」

ぎゅっと握られていた手が離れ、小さな身体《からだ》がくるんとまわる。けれども、顔はまだこちらに向けたままだ。後ろ向きに走り出した姿が危なっかしかった。

「そんなに慌てちゃだめだ。転んじゃうぞ。やっぱりぼくもいっしょに行くから」

鋭く呼び止められたのは、〝弟〟を追いかけて走り出そうとした時だった。

「透里《とおり》、待ちなさい」

ぐいっと手まで引かれて動きを止められる。

〝弟〟はその間にも、何度も何度もこちらを振り返りながら全速力で走っていく。

一分一秒でも早く帽子を取ってこないと置いていかれるかもしれない。そんな不安に襲われていたのかもしれない。

「お母さん、ぼくもいっしょに帽子を取ってくるよ」

ふと思いついて言ってみた。

自分だって帽子は被ってない。白の半袖《はんそで》シャツに紺色のパンツという格好だった。

「あなたはいいのよ、透里」

「どうして？」

「仕方がないの。あの子は連れていけないから」

母の声が耳に達し、目を見開いた。

心臓がドクンと不穏な音を立てる。

「……うそ、だよね？　だって、お母さんは——に帽子を取ってくるようにって……」

「ええ、そう言ったわ。だって、追いかけてこられたりしたら困るでしょ？」

「……だって……どうして？　どうして連れていっちゃいけないの？」

その場に立ちすくみ、母に手を伸ばして必死に言い募った。

「透里……」

けれども母は困ったように自分の名前を呼んだだけだ。

どうして、嘘《うそ》をつく必要があったの？

どうして？

そうたたみかけたかったけれど、喉《のど》の奥がひきつったように声が出ない。

答えなんか聞かなくても、もうわかっていた。

母が嘘をついたのは、もうこの家に戻る気がないからだ。

どこかへ出かけるのじゃない。ここからふたりだけで出ていく。

だからこそ、母は嘘をついたのだ。うるさい子供を追い払うために、優しい聖母の顔をして嘘をついた。

「あら、あの子ったら、まだこっちを見てるわね」

母はそう言って、片手を上げる。

走っていく子供を安心させるために——。

ここでちゃんと待っているからと、納得させるために——。

違う！

違う！　違うんだ！

心の中で必死に叫んだ。

だめだ！

帽子を取りに行っちゃだめ！　早くこっちに戻ってきて！

我慢できずに走り出そうとした刹那《せつな》、再びぎゅっと手を握られた。

「お母さん、だって、あの子……っ、帽子を持って戻ってくるよ？」

懸命に見上げた母の顔には、相変わらず優しい笑みが浮かんでいる。

小さな子供を眺めていた眼差《まなざ》しが、ゆっくりこちらへと向けられた。

「さあ、もう見えなくなったわ。今のうちよ、行きましょう」

「お母さん、どうしてもだめなの？」

「透里、お願いだからわかってね。お母さんの子供は透里だけなの。あの子は私の子供じゃないわ。だから連れてはいけないの」

「……もう、ここへは戻ってこないの？」

お願いだから、違うと言って！

心の中でそう叫びながら、必死に母を見つめる。

「ええ、そうよ。ここにはもう戻ってこないわ」

願いもむなしく、母はさらりと口にする。

「そんな……っ」

「これからまた透里とふたりだけで暮らすのよ？　だからもうこのお屋敷のことは忘れなさい。いいわね？」

「……だって、そんな……さよならも……言ってないのに……っ」

声が詰まった。

でも、衝撃が強すぎて、涙は一滴も出てこない。

「そうね。会えなくなるのは私も寂しいわ。でも、さよならは言わなくてもいいんじゃない？　だって、もう二度とあの人たちには会わないでしょうから、必要ないわ。さあ、もう行きましょう、透里」

母は自分の手をしっかりと握りしめ、振り返りもせずに歩き出した。

足取りはあくまで優雅で、決して急いだりしない。

本当はその母の手を振り払い、屋敷の中に駆け戻りたかった。

行きたくない。

だって、ここにはあの子がいる。

まだ一度も〝お父さん〟と呼んだことはないけれど、一年間、ずっと父親だった人もいるのだ。

ずっと母とふたりで暮らしてきた。

だから〝弟〟ができたことが何よりも嬉《うれ》しかった。自分に懐《なつ》いて〝お兄ちゃん〟と慕ってくれる〝弟〟が可愛くてたまらなかった。

だが、母はすでに新しくできた家族を捨てる気でいる。

そして、当時十歳だった自分には、母を止める力などなかったのだ。

†

かつて一年間だけ〝弟〟だった海里《かいり》……。

〝白い帽子〟――それは海里が屋敷内に取りに行ったものだ。

海里がどんな帽子を被って、あの場所まで戻ってきたのかは知らない。

息せき切って駆け戻り、そこに誰もいないことを知った時、海里がどんな顔をしたのか、それを知るすべはなかった。

残ったのは苦い記憶――。

「待ってる」と言ったのに、約束を守れなかった。

可愛くて大好きだったのに、それをきちんと言葉で伝えたこともない。

あんなに慕ってくれたのに「さよなら」さえも告げられなかった。

あの時、もう少し自分に勇気があれば、何もかも違っていたかもしれない。

もう少し強く母の手を振り切って海里を追いかけていれば……！

〝白い帽子〟は、後悔と自責の念、そして懐かしさと愛《いと》おしさ、すべてを象徴するものだった。

1

目指す研究室は、古式蒼然《そうぜん》とした理学部棟の三階端に位置していた。

足音を立てず静かに歩こうと思っても、建物自体が文化財に指定されている代物《しろもの》だ。一歩進むごとにギシギシと床が鳴る。

だが、それをうるさいと感じないのは、この学舎に満ちる特別な空気のせいだろう。

肌がぴりぴりするほど静謐《せいひつ》でいながら、奥底には真理を希求する情熱の炎も揺らいでいる——それは、百年以上の長きにわたって、この場所にあったものだ。

何度改築がくり返されようと、建物の外観はほとんど変わらない。それと同じで、学舎を歩く教授や学生の顔ぶれがどれだけ入れ替わろうと、ここを包む雰囲気は変わらないのかもしれない。

敷島《しきしま》透里はそんなことを取り留めもなく考えながら、理学部棟の長い廊下を歩いていた。

ダークグレーのスーツ姿はほっそりしている。薄いピンストライプのシャツに、青紫のペーズリー模様が入ったネクタイを合わせ、ベルトや時計、茶系の靴に至るまで、身につけているものはすべて上質のものだ。

カラーリングなどしなくとも明るめの髪はごく自然な感じにカットしている。日本人にしては瞳の色も薄い。けれども、やわらかな感じはどこにもなく、母親譲りの精緻《せいち》に整った顔立ちとも相まって、透里は向き合う者に、必ずと言っていいほど冷たい印象を与えた。

きしみを立てる研究室のドアを開けると、研究員の保科結衣《ほしなゆい》が両腕を高く上げ、猫のような伸びをしているところだった。

結衣は、大学院博士課程二年の透里より一歳年上で、エステとネイルが趣味という女性だ。白衣姿だが、伸ばした爪には今日も華やかな模様が入っている。

「ふあああ、あぁぁあ……」

透里は、やり手の結衣が大あくびをし終えるのを待ち、その白衣の背に向けて遠慮がちに声をかけた。

「保科さん、悪いんですが」

「ああ、敷島君？」

振り返った結衣は、透里の頭から爪先《つまさき》まですうっと視線を走らせ、満足そうな笑みを見せる。

「それにしても、いつも見応えあるわね。惚《ほ》れ惚《ぼ》れするわ。今日はイタリアンスタイル？ほんと、そこらの学生が着てるリクルートスーツとは雲泥の差。ミステリアスな雰囲気にもますます磨きがかかってるわ」

結衣の服装チェックはいつものことなので、透里はタイミングを見計らって用件を切り出した。

「あの、今日の分のデータの取り込みですが」

しかし最後まで言わないうちに、結衣が大袈裟《おおげさ》にため息をつく。

「いくら褒めてもまったく反応なし。いつものことだけど、ほんと張り合いないわ。氷の女王の異名は伊達《だて》じゃないわね」

「保科さん」

「はいはいデータね。いいわよ、取り込みぐらいなら私がやっておく。どうせ今日は教授も顔を出さない予定だし、ほかには急ぎの用なんてないしね」

「すみません、よろしくお願いします」

気軽に応じた結衣に、透里は丁寧《ていねい》に頭を下げた。

ハワイの高山に設置された大型望遠鏡、南米チリの砂漠に世界各国が協力して建設した電波望遠鏡、また宇宙空間に打ち上げられた望遠鏡からもデータが送られてくる。

教授がライフワークとしている小惑星の研究、それに透里が教授の指導で行っている研究課題も、そのデータを解析するところから始まっている。

自分に責任がある仕事を結衣に押しつけてしまった形だ。

「今日も病院なの？　お母様、その後いかが？」

「お陰様で容態は落ち着いてます」

透里は当たり障《さわ》りのない答えを返した。

内心では悪いと思いつつも、結衣の勘違いは訂正しない。

このところ毎日のように病院へ行くと言っては、データの解析をおざなりにしていた。しかし、今日の目的地は病院ではない。

「手術になるんだったっけ？」

突っ込んだ問いに、透里はかすかに頷いた。

今までプライベートな関わりを持ったことはない。結衣が特別な相手を求めて声をかけてきたのはもう二年近くも前の話だ。それを断って以来、結衣が自分の家族に興味を持ったこともない。だから、今の質問も単なる社交辞令だろう。

「主治医には、手術が可能になるまで、まだだいぶ時間がかかると言われてますけど」

透里の母は一ヶ月ほど前から入院中だった。肝臓に悪性の腫瘍が見つかったのだ。幸いなことに、今すぐ命に別状があるわけではない。放射線と抗癌剤で患部を少しでも小さくし、その後手術で除去する。そういう方針で治療を受けている最中だった。

「そう……大変なんだね。でも、頑張って」

結衣はため息をつくように言い、透里は黙って頷いた。

これは同情なのか、それとも社交辞令の続きなのか、判断がつきかねる。

保科結衣は結婚願望が強く、常にその相手を探しているような女性だ。と言っても、結衣がもてないわけじゃない。むしろその逆だろう。

卵形の顔に肩まで伸ばした髪。結衣は世間一般の基準で言えば、かなり美人の部類だ。今は白衣で隠されているが、スタイルもいいし、それを生かすファッションセンスも持っている。それに何事にも物怖《ものお》じせず、基本的には明るい性格だ。結衣とつき合いたい男はいくらでもいた。恋人と長く続かないのは、結衣の結婚願望が原因になっているのではないかと思う。

いずれにしても、透里にはまったく関わり合いのないことだ。

母親譲りの美貌のせいか、中学の頃から数限りなく告白されてきた。異性だけではなく、時には男にまで……。

だが透里は、今まで誰とも深い関係を結んだことはない。

人と関わり合うのは面倒だし、自分という人間にはそんな資格もないと思っていた。

相手は女性だけに限らない。常に一歩距離を置いた状態で人と接しているため、親しい友人もいなかった。担当教授の坂本《さかもと》や、研究員の結衣、それにほかの学生仲間とも、礼を失しない程度、ごく表面的につき合っている。

何気なく窓の外へと視線を向けると、近くに立つ銀杏《いちょう》が色づき始めていた。

今までいくどとなく見てきた景色だ。そして、これからも何度となく見るはずの景色だと思っていた。

少なくとも、今の研究を元に論文を仕上げ、博士課程の学位を取るまでの間……そう、あと一年ちょっとの間は見続けるものだと……。

しかし、それも終わりになるかもしれない。

すべては、今日これから訪ねるつもりの場所で決まるだろう。

†

透里は車がうるさく行き交う大通りで頭上を振り仰いだ。

SHIKISHIMAコーポレーションの新社屋は予想を遥《はる》かに超える巨大さで、圧倒される。

アポイントなしでいきなりオーナー社長に面会を申し込んでも、断られるだけだろうが、気後れしてばかりもいられない。事は切迫しており、今日が無理だとしても、面会のアポイントだけでも取っておきたかった。

透里は威容を誇る本社ビルの正面玄関へと視線を据《す》えた。

胸の内にあるのは激しい後悔とどうしようもない羞恥《しゅうち》だった。

一時的に〝弟〟だった相手に、借金の申し込みをしにきたのだから――。

今頃になって何をのこのこと、どの面《つら》下げてと罵倒《ばとう》されるのも覚悟のうえだ。だいたい自分自身でもこんなことはあり得ない事態だと思っている。

あの夏の日に母が敷島の屋敷を出て以来、〝弟〟との接点はまったくなくなってしまった。母が〝敷島〟の苗字を捨てなかったのは、ただ面倒だったからだろう。

だが、その母は離婚後もずっと敷島氏からの手当を受け取っていた。透里がそれを知ったのは、つい最近のことだ。

自分は敷島氏の子供じゃない。一年という短い間、義理の子供であっただけだ。

本来なら母が敷島氏から養育費を受け取る権利はない。

それなのに、驚くほど高額な送金は、敷島氏が亡くなってからも続けられてきたのだ。ほんの半年前、透里が大学院の四年になるまで、実に十五年の長きにわたってだ。

苦い思いが込み上げて、透里は奥歯を嚙みしめた。

生まれた時から父親という存在には縁がなかった。もちろんDNAで繫《つな》がる人間はいるはずだが、戸籍上の父はいない。

今の時代、シングルマザーはさして珍しいものではなく、仕事と子育てを両立して立派にやっている人々もいれば、実家、あるいは公的な機関に頼っている人たちもいる。

だが透里の母の場合は、そのいずれでもなかった。

そして透里は、母とふたりの生活がどんなふうに成り立っていたか、ずっと知らずにいたのだ。いや、母のプライベートには立ち入りたくないというもっともらしい理由を掲げて、知ろうともしなかった。

その結果、今こうやって恥知らずにも、こんな場所まで出向くことになったのだ。

「透里、これをあなたに預けておくわ。入院費の支払いとかあるでしょう？　確か、お家賃もまだだったわ」

病院の個室で、母はそう言いながら一枚のキャッシュカードを差し出した。一週間前の話だ。

透里はなんの疑念も持たず、ごく当たり前にカードを受け取って銀行に向かった。しかし、引き出せた現金は、ほんの数万円だったのだ。

当惑した透里は、母にさりげなく通帳の在処《ありか》を訊《たず》ねた。気力体力ともに弱っている母に、いきなり不安を与えるような真似《まね》はしたくない。

母の私室のチェストには、数冊の通帳が仕舞われていた。一番古いものは十年以上前の日付、途中が飛び飛びで、最新のものも一年近くの間、記帳がされていない。

そして透里はその通帳で、初めて自分たちの生活費がどこから出ていたかを知った。

毎月決まった日に「シキシマ」の名前で高額の送金がなされている。母はその金を必要に応じて適当に引き出していたようだ。

あの敷島氏からの送金ならば、預金が底をついているのも納得がいく。何故なら、母が結婚していた敷島氏は、二年ほど前に亡くなっているからだ。

だが透里はもう一度最新の通帳に目をとおして、首を傾げた。

「シキシマ」からの送金は一年前も行われている。それにカードを渡す時、母はなんの憂いも見せていなかった。

不審に思った透里は再度銀行に出かけ、溜《た》まった分の記帳を済ませた。そして、敷島氏の死後も続けられていた送金が、半年前に途絶えていたことを知ったのだ。

母にとっては魔法のカードだったのだろう。いくら使っても預金が底をつくことはない。残高が少なくなっても、数日後には数字が元どおりになる。金銭感覚を麻痺《まひ》させた母は、記帳すら怠るようになって、送金が打ち切られたことすら気づかずにいたのかもしれない。

事実を知った透里は愕然となり、次の瞬間には足下が大きく崩れていくような恐怖にも襲われた。

今すぐ、まとまったお金を作る必要がある。

母の入院費、数ヶ月にわたって溜め込んだ高額な家賃、そして自分があと一年半を大学院で過ごすための授業料……ざっと計算してみただけでも、数百万。母のこれからの治療を考えると、もっと資金が必要だった。

医療保険には加入していない。そして母の性格からして、病院の大部屋で過ごすなど絶対に無理。個室の使用料もどんどん加算されていく状態だ。

自分名義の口座も持っているが、そこにプールしてあるのは教授の手伝いをして得た微々たる報酬で、この急場を凌《しの》ぐにはとても足りなかった。大学院を辞めてなんらかの職に就いたとしても、すぐにまとまったお金を手に入れるのは不可能だ。

なんとか打開策を見つけようと、透里は懸命に考えた。入院中の母には安静が必要で、相談はできそうもない。すべては自分自身で考えるしかなかった。

しかし、大学院生である透里は、ただでさえ世間のことを知らない。いくら考えてもいい案は浮かばなかった。

そうして苦し紛《まぎ》れにたどりついたのが、赤の他人となって久しい〝弟〟への借金の申込みだった。恥知らずだということはわかっているが、送金が打ち切られた理由ぐらい訊《き》きに行ってもいいだろうと、思いついたのだ。

「とにかく、ここで悩んでいても仕方ないな」

ぽつりと独りごちた透里は、しっかり前方を見据えて歩き出した。

すっと音もなくドアが回転し、広々としたフロアを横切る。

奥の受付に向かうと、透里の接近を知った受付嬢がさっと席から立ち上がった。

「ようこそＳＨＩＫＩＳＨＩＭＡコーポレーションへ。本日、お約束させていただいております部署は……」

淡いピンクの制服を着た受付嬢に丁寧に頭を下げられて、透里は徐々に頬に血が上ってくるのを感じた。

「わ、私は敷島透里と申します。あの……敷島、社長に……その、面会を……」

しどろもどろに来意を告げると、顔を上げた受付嬢が僅《わず》かに怪訝《けげん》そうな表情を見せる。

「あの、失礼ですが、本日お約束は？」

「い、いえ……約束はありません」

透里は力なく首を左右に振った。

だが、苗字が同じということで親戚だとでも思ったのか、受付嬢が内線の受話器を取る。

「少々お待ちくださいませ、確認してみますので。……こちら一階の受付です。ただ今、敷島透里様とおっしゃる方がいらして、社長に面会をと……いえ、お約束はないそうです」

おそらく社長秘書にでも連絡を入れたのだろう。

返事を待つ間、透里の緊張は高まるばかりだった。

門前払いされる覚悟はしていたが、できることなら会ってほしいと思う。

そして、もし会ってもらえるなら、真っ先にあの時のことを謝りたかった。

「……はい、わかりました。では、そのように」

そう言って受話器を元に戻した受付嬢は、再び透里に向かって頭を下げる。

「たいへん申し訳ございません。本日、敷島は多忙でございまして、ご面会の時間が取れないとのことです」

丁寧な断り文句に、透里はほっと息をついた。

予想どおりの展開だ。アポなしでいきなり会ってもらえると思うほうがおかしい。しかも、〝弟〟は今や、大会社の若きオーナー社長だ。それに比べて透里のほうは辛うじてスーツを着ているものの、いまだに大学院生で名刺さえ持っていない状態だ。

だが、ここですごすご帰るわけにもいかなかった。

「あの、すみません。ご都合のいい時に出直したいと思います。いつ伺えばいいか、訊いてみていただけませんか？」

「かしこまりました。それでは、秘書課のほうに問い合わせてみます」

親切な受付嬢は、そう言って再び受話器を持ち上げる。

普通なら追い返されるところだろう。

ＳＨＩＫＩＳＨＩＭＡコーポレーションは、光学機器の製造販売を母体に、大きくなってきた会社だ。中心となる光学機器に関しては、他の追随を許さぬほどの高い技術力を持ち、世界規模でも圧倒的なシェアを誇っている。敷島海里はその三代目社長だ。

「……はあ、では、そのようにお伝えします」

確認を終えた受付嬢が、何故か当惑したような顔つきで透里に向き直る。

「あの、何か？」

「いえ、すみません。ご都合がよろしいようでしたら、上の応接室で一時間ほどお待ちいただけますか？」

「え、それでは、会ってもらえるのですか?」

透里は驚きで目を見開いた。

「お待たせして申し訳ないのですが」

「いいえ、とんでもないです。アポイントもなしに押しかけたこちらが悪いんです。一時間ぐらい、どうということもありません」

「それでは、しばらくお待ちください。案内の者を呼びますので」

「はい」

透里は短く答えて会釈《えしゃく》した。

さほど待つこともなく、黒系統のスーツを着て細いフレームの眼鏡《めがね》をかけた男が現れる。

「敷島の秘書、鳥飼《とりがい》です。ご案内いたします、敷島様」

髪を短めに整えた長身の男は慇懃《いんぎん》に腰を折った。

年齢は透里とそう変わらないだろう。会社ではまだ若手だろうに、男はいかにもやり手といった雰囲気を漂わせている。

そして〝弟〟は、こんなやり手の男を使う立場なのだ。

いよいよ対面が叶《かな》うとなって、透里は急に動悸がしてきたのを覚えながら、この秘書のあとに従った。

奥のエレベーターで最上階に上がり、分厚いカーペットが敷かれた廊下を歩く。壁や天井など、たっぷり金をかけてあるのが一目瞭然《りょうぜん》で、まるで一流ホテル並みの雰囲気だ。

「こちらでございます」

とおされたのは採光の行き届いた応接室だった。

廊下を歩いただけで圧倒されていた透里は、意外にも居心地がよさそうな部屋にほっとひとつ息をついた。

ソファに座るように勧められ、ぎこちなく腰を下ろす。

「申し訳ないですが、しばらくこちらでお待ちください」

「はい」

透里がそう答えると、秘書の鳥飼が一礼して部屋から出ていく。そして入れ替わりのように、若い女性がお茶を運んできた。

「お茶をどうぞ」

「ありがとう」

「失礼いたします」

短いやり取りを交わす間にも、透里の動悸はますます高まった。

ついに海里と会えるのだ。

あの夏の日に別れて以来、初めて〝弟〟との対面が叶う。

なんのためにここを訪れたか忘れてしまいそうなほど、期待だけが膨らんだ。

〝弟〟はもう白い帽子を被った子供じゃない。それは透里自身もよく知っていることだった。何故なら、海里も同じ大学に通っていたからだ。

二学年下で学部も違う。だから、滅多にあることではなかったが、海里の姿を遠くから何度か見かけたことがあったのだ。

海里は入学当初から大学中で騒がれるような存在だった。ハンサムでモデル並みの長身、それに大会社の社長令息となれば、女子学生に大人気となるのは当たり前。海里は新入生の中でも抜きん出て優秀だとの評価もあり、人とのつき合いに疎《うと》い透里の耳にも噂《うわさ》が達するほどの有名人だった。

最初に海里の名前を聞いた時、どれほど興奮したことか。いつか大学構内で会えるかもしれないと思うと、心臓の鼓動が鳴り止《や》まなかった。そして構内でちらりと姿を見かけた時は、涙ぐんでしまいそうなほどの懐かしさに駆られた。

すらりとした長身で、顔立ちも男らしく整っている。取り巻きらしい学友たちや華やかな雰囲気の女子大生に囲まれた彼は、ひとりだけ静かな雰囲気を漂わせていた。しかし、どんなグループの中にいようと、ひと目で見分けられるほど際だった存在だった。

二年前に敷島氏の葬儀が執り行われた際にも、海里の姿を見かけた。

敷島氏が亡くなったことをネットのニュースで知った時、透里は胸が締め付けられるような寂しさを覚えた。

ほんの一年ほどの間だったが、敷島氏が本当の父親であればどんなにいいかと思っていた。優しくていつも安心感を与えてくれる大きな存在だったのだ。

だから、せめて見送りだけでもと、母には黙って参列したのだ。

葬儀の日は雨だった。

自分は、離婚した相手の連れ子にすぎない。堂々と顔を出しても迷惑になる。そう思った透里は傘を差し、遠くから〝弟〟を見守っていた。

父を喪《うしな》った悲しみと落胆にとらわれながらも決して弱みは見せず、毅然《きぜん》としていた姿……。

本当はそばまで行って、直接言葉をかけたかった。

陰から眺めるだけでは、何もできない。だから、幼い頃、時折そうしていたように、可哀想な〝弟〟を抱きしめて慰めたかった。

だが、そんなことは許されるはずもなかったのだ。

あの日、黙って行ってしまって悪かった。

本当にごめん。でも、ぼくはずっと一緒にいたかったんだ。あの日、別れてからも、君のことを思い出さない日はなかった。ずっとずっと会いたかったんだ。

裏切ったぼくを許してほしい。

そんなふうに謝れたなら、どんなにいいかと思う。

応接室でじりじりと海里を待つ間、透里は色々な妄想にとらわれていた。

最初から一時間待てと言われていたが、それを過ぎても海里が現れる気配はない。途中で何度か、先ほどの女性がお茶を淹《い》れ換えに来ただけだ。

やはり、いきなりの面会には無理があったのだろうか。出直してくるべきだろうか。

そう気弱に思い始めた時、初めて隣室との境のドアが開いた。

部屋に入ってきたのはふたりの男だった。

透里の目は先に立つ男に釘付《くぎづ》けとなった。

海里だ。

あの日、別れて以来、初めて間近にする〝弟〟だ。

ぎこちなく立ち上がると、海里は自分よりかなりの長身だった。

遠くから見かけた時も思ったが、本当にハンサムな男になった。高い鼻筋に男らしく形のいい眉《まゆ》、引き結ばれた口元……。昔の可愛らしい顔からは想像もつかないほど変化を遂げているが、間違いなく海里だ。

深みのあるネイビーのスリーピースは、スラント&チェンジポケットのあるクラシカルな英国風。白地に薄くストライプの入ったシャツに、ボルドー色の幾何学模様のネクタイというスタイルだ。

けれども、これほどまで見事に伝統的なスーツを着こなせる者はそうそういないだろう。

食い入るように見つめずにはいられなかった。

喉の奥に大きな塊《かたまり》ができ、目頭も熱くなる。なんと立派になったのだろうか。あの小さかった海里が、自分などよりずっと大人の男になっている。

だが、その海里は、透里を一瞥《いちべつ》しただけで視線をそらした。

「どうぞ、おかけください」

「あ、……はい」

放たれたのは、冷え冷えとした声だった。

それに熱く見つめていたのは自分だけで、海里のほうにはなんの感慨もなさそうだ。

頭から冷水をかけられたように、高揚していた気分が沈む。

静かに向かい側の席についた海里は、表情ひとつ変えずに淡々と切り出した。

「それで、ご用件はなんでしょうか?」

冷ややかな声が鼓膜に突き刺さり、透里は我知らず頬を染めた。

大人になった声は初めて聞いた。けれど、そんな感動すら霧散させてしまう冷たさだ。

しかも肝心の用件とは、恥知らずもいいところという内容で……。

だが、ここまで来て逃げ出すことはできない。

透里は短く息を吸いこんで、口を開いた。

まともに海里の目を見る勇気などないので、テーブルに視線を落として蚊が鳴くような声

を絞り出す。

「……私は、し、敷島……透里です。……昔、十五年ほど前に、一時的に家族だった……」

「それは存じておりますが」

さらりと返されて、さらに羞恥が増す。

よほど自制しているのか、海里の声には恨みや軽蔑《けいべつ》すらも感じられなかった。

昔のことを責められるならまだしも、自分たち親子のことなど露ほども気にしていない。本当に芯《しん》から無関心だといったふうだ。

最後まで言い切れる自信はまったくなかったが、それでも、なんとか力を振り絞って言葉を続ける。

「……母は敷島家を出てからも、その……生活費を受け取っておりました。それが、半年前から送金が途絶えているようで、その……」

厚かましくお金の無心に来た自分が心底恥ずかしい。

今すぐこの場から逃げ出したいと、透里はぎゅっと汗ばむ両手を握りしめた。

すると海里が呆《あき》れたようにため息をつく。

「山田《やまだ》先生、ぼくは席を外します。お手数をおかけしますが、先生のほうから説明を……終わったら秘書に声をかけてください。よろしくお願いします」

そのまま席を立つ様子に、透里はぼうっと視線を上げた。

今になって、この場にもうひとりほかの人間がいたことに気づかされる。

先生と呼ばれたのは五十絡《がら》みの平凡な印象の男だった。中肉中背で顔立ちも、どこにでもいそうなタイプだ。

だが海里はこの男にすべてを任せて、部屋から出ていこうとしている。

「あ、あの」

透里は我知らず立ち上がり、必死に呼びかけた。

海里はゆるく振り向く。

「山田先生は敷島家の顧問弁護士です。お話があるのでしたら、どうぞ」

発された声は冷淡で、とりつく島もない雰囲気だ。

無謀な要求をしてくる輩《やから》は最初から弁護士に任せて追い払ったほうがいい。自分自身で話を聞くなど時間の無駄。

そう言われているような気がした。

でも、これで終わりだなんてひどすぎる。

せめて、怒りの言葉でもいい。蔑《さげす》みの言葉でもいい。ひと言でいいから、自分自身に向けられた言葉を聞きたかった。

「か、海里！」

透里は夢中で叫んでいた。

じっと見つめていた海里の肩が、ぴくりと動く。

けれど、それは希望的な錯覚だったのか、海里は振り返りもせずに応接室を出ていっただけだ。

閉ざされたドアを呆然《ぼうぜん》と眺めていると、頃合いを測ったように弁護士の山田が声をかけてくる。

「敷島透里さん……ですね？　お話を伺いますので、どうぞおかけください」

敷島家の顧問弁護士ならば、かなりのやり手なのだろう。見かけの平凡さを裏切って、山田の言葉には妙な説得力があった。

透里は全身から力が抜けきったかのように、すとんと元のソファに腰を下ろした。

「敷島さん、先ほどお訊ねだった件ですが」

「……はい……」

「亡くなられた敷島氏とご結婚されていたのは、あなたのお母様です。振込を打ち切った件に関しては、お母様に直接お話をさせていただくほうがいいのですが」

「母は入院中です」

「そうですか、それであなたが代わりにやってこられた？」

「はい……」

訊ねられるままに、透里は短く答えていった。

頭の中は海里に拒絶されたことでいっぱいで、正直弁護士の質問には上の空で返事をしていただけだ。

「では、ご説明しましょう。あなたのお母様が結婚されていた期間は一年弱です。夫婦間には特に問題もなく、お母様が突然屋敷を出ていかれた時、敷島氏はかなりショックを受けられたようです。敷島氏のほうには離婚を要求されるような問題はなく、従って慰謝料等も発生しておりません。また、あなたのお母様からの請求もいっさいありませんでした。屋敷を出ていかれてしばらくの間、あなたたちは行方《ゆくえ》もわからなかったのです」

弁護士の言葉で、透里の脳裏にまた〝白い帽子〟のイメージが過《よ》ぎる。

屋敷を出た母と自分は、駅への道をたどらず反対方向へと歩いた。それからすぐにタクシーに乗り込んだのだ。

そしてずいぶん長い間、ホテルを転々とする生活が続いた。

「三ヶ月ほどしてからでしょうか。敷島氏はなんとか夫人を見つけ出され、それから正式に離婚手続きをされました。今後いっさい財産の請求などは行わない。そういう誓約書をいただいた時、私も立ち合わせてもらいました。お母様は笑ってサインを入れられましたよ」

「そうですか……」

「敷島氏はあなたたち親子のことを不憫《ふびん》に思われたのでしょう。義務からではなく、単なる親切として、送金を続けてこられたのです。手続きをしたのは私ですから、それが破格の金額だったことを知っております」

透里は力なく俯《うつむ》いた。

通帳に残された出入金の記録を思い出すと、がくがく身体も震えてくる。

高級といわれるマンションに住み、飽きればすぐ新しい場所に引っ越して家具も入れ換えていた。身につけるものは一流のブランドばかり。母は働く素振りすらなく、ただお金を消費するだけだった。貯蓄さえなく、湯水のように金を使うだけの毎日。

それは母だけではなく透里も一緒の話だ。実際に、透里は今に至るまで、量販店で買えるようなものを着たことさえないのだから……。

それでも、その莫大なお金はなんらかの約束の元に送られていたものと思っていた。

なのに、慰謝料でも養育費でもなく、すべては敷島氏の施しだったのだ。

母と敷島氏との間に、どんなやり取りがあったのかは知らない。けれども事態は想像より遥かにひどかった。

人から謂《い》われのないお金を貰《もら》い、それで安穏とした生活を送っていた。

母のルーズさには呆れるばかりだが、それを見過ごしてきたのはほかの誰でもない、透里自身だ。

「敷島氏が亡くなられたあとも、送金は続けてまいりました。しかし、代替わりしてずいぶんと経《た》ちました。もともと敷島氏の好意で始まったことです。跡を継がれた海里さんには、なんの責任もありません。これで事情はおわかりになりましたか？」

「……はい……」

透里は俯いたままで頷いた。

恥ずかしくて恥ずかしくて、弁護士の顔をまともに見ることさえできなかった。

突然送金が打ち切られた理由を訊き出し、あわよくばもう少しの間、続けてもらえないか頼んでみるつもりだった。

金額が少なくなってもいい。せめて自分が就職するまでの間、猶予をもらえないだろうか。融資してもらったお金は、就職したあとで必ず返すので……。

そんなむしのいいことを考えていた自分が、本当に嫌になる。

「もうひとつ、お伝えしておいたほうがいいかと思います。送金を打ち切る旨《むね》は、事前にお知らせしたのですよ」

「え？」

思わぬ情報に透里は顔を上げた。

「いきなりではお困りかと、これは私の老婆心からですが、事務所のほうから二度、通知を差し上げました。もちろん、それで連絡をいただいたとしても、事情が大きく変わるわけではなかったのですが、相談ぐらいはと思いまして……」

「……そう、ですか……」

透里は目の前が真っ暗になっていくような錯覚にとらわれた。

そんな話は聞いていない。通帳を探す時、母の許可を得てチェストを開けたが、目についたのはマンションの賃貸契約書のみで、ほかに郵便物や書類の類《たぐい》はなかった。

「私のほうからの話はこれで終わりです。それで……これからどうされますか？　先ほどお母様は入院中だと言っておられたようですが……」

「はい……」

「何か私で力になれることは？」

弁護士の声は同情的だった。

けれど、自分たち親子が施しを受けていただけだと思い知らされたのだ。これ以上、何が言えるだろう。そもそも今の暮らしを続けるなど、甘すぎる話だったのだ。

「いえ、お話はよくわかりました。お時間を取っていただき、ありがとうございました」

透里は辛うじてそれだけを告げ、席を立った。

しかし、そのままふらふらと出口に向かおうとした時、背後から呼び止められる。

「透里君、待ちたまえ。本当になんでも相談してくれていいんだよ？　私は敷島家の顧問弁護士だが、それとは関係なく、個人的に相談に乗れることもあると思う。だから、話してくれれば」

弁護士の声には何故か熱がこもっていた。

親切で言ってくれたのだろうが、いくら個人的にと言われても、敷島家の顧問弁護士に相談を持ちかけるなど筋違いだ。

透里はもう一度頭を下げ、その後は振り返らずにドアノブへと手をかけた。

これから何をどうしていけばいいのか、すぐにはなんの考えも浮かばなかった。

とにかく今すぐ大学院は辞めるしかない。だが、ほかのこととなると、どこから手をつけていいのか見当もつかなかった。

応接室を出た時、ちょうど奥の部屋へ入っていこうとする男の影が見えた。

先ほど案内してくれた秘書に似ている。

あそこが海里の部屋なのか……。応接室とも内部で繋がっていたようだけど……。

溢れてきたせつない思いに、透里はゆるく首を振った。

父親が亡くなってからは、海里が送金を続けていたことになる。

幼い頃、自分たち親子は無情にも〝弟〟を捨てた。それだけでも許されることではないと思うのに、さらに迷惑をかけていたのだ。

海里は、自分がいきなり訪ねてきて、何を思ったのだろうか。

呆れ果て、ほんの僅かな関わりさえ拒絶するほどの嫌悪に駆られていたのだろうか。

だから感情を殺して、まるで路傍《ろぼう》に転がる石ころのように自分を見ていたのだろうか。

海里に会う前は、あの日のことを謝りたいと思っていた。

だが、過去の裏切りどころか、その後も迷惑をかけ続けていたという事実の前では、安易な謝罪など無意味だった。

それでも、ひと言だけでもいいから謝りたかった。

許しを請う以外に、かける言葉などないから……。

胸に迫るのは激しい悔恨だった。

あの時、母の手を振り切って、海里を追いかけていけば……。

せめて、さよならのひと言が言えていれば……。

海里とは、もっと違う形で再会できたのではないだろうか。

それでも、もう一度だけ海里の顔が見たい。

透里の胸にあるのは、その願いだけだった。

2

ＳＨＩＫＩＳＨＩＭＡコーポレーションをあとにした透里は、そのままふらふらと病院に向かった。

衝撃が強すぎて、どうやって地下鉄に乗ったかも覚えていないぐらいだ。

一般の診療時間が終わっているので、ロビーは比較的静かだった。慣れた道筋なので、ぼうっとしたまま奥のエレベーターに乗って病室まで行く。

そして閉ざされたドアを軽くノックしてから中に入った。

母はベッドの上で上体を起こし、ぼんやりと窓の外を眺めていた。

透里の訪《おとな》いに気づいた母は、ゆっくりこちらへと顔を向ける。

今日もパジャマではなく、きちんと白のブラウスを着て、薄い水色のカーディガンを肩にかけている。そしていつもどおりに長い髪を右横でひとつに結び、薄い化粧を施していた。

だが、どんなに外見を取り繕《つくろ》おうと、やつれた様子は隠しようがない。ブラウスの袖から覗《のぞ》く手首は折れそうなほど痩《や》せてしまっている。

「透里……今日は遅かったのね」

「少し用事があって」

透里は曖昧《あいまい》に言葉を濁した。

母には問い質《ただ》したいことがたくさんあったが、弱った様子を見てしまえば、それもできない。大病に冒された母をいきなり糾弾するのは、どうしても気が引けた。

透里は何から切り出したものかと思案しながら、ベッドのそばに置かれた椅子に腰を下ろした。

「何かしてほしいことはある？」

何気なく口にすると、母はゆるく首を振る。

「気分は？　痛いところ、ない？」

問いを重ねた透里に、母は小さくため息をついた。

ふたりとも、あまり口数の多いほうではなく、会話はすぐに途切れてしまう。

視線がそれ、母はまた窓の外を眺め始めた。

看護師の誰かが気を利《き》かせてくれたのか、ベッド回りはきれいに整えられていた。

母はもともとまめに家事をやるほうではない。掃除機ぐらいはかけるが、週に一度は外部に清掃を依頼していた。テーブルに並べられる料理も、ほとんどがデパートなどで買ったものだ。母はそれを見栄えよく皿に盛りつけるだけだった。

弁護士からの話を思い出すと、重いため息が出るばかりだ。母にそれを説明しなければならないと思うと、ますます気が滅入ってくる。

「母さん……敷島氏が亡くなられたことは知っていた？」

話の糸口を見つけられず、透里はまずそんなことを訊ねてみた。

しかし、母の口からはほうっとため息が漏れただけだ。

「……そう……いい方だったのにね……」

透里は頭を殴られたような衝撃を感じた。

この口ぶりでは、やはり敷島氏が亡くなっていたことさえ知らなかったように思える。

あまりの関心の薄さに、透里は言うべき言葉を失った。

「透里……」

「何？　母さん」

少しは敷島氏のことでも思い出したのか？

透里はそう期待したが、母は相変わらず窓の外を眺めているだけだ。

「病院、もう嫌だわ。出たいの」

ぽつりと告げられた言葉に、透里は眉をひそめた。

敷島氏の死に関してのコメントはたったひと言だけ。それなのに、また好き嫌いが始まったのだろうか。気分屋の母は、これまで何度となく部屋を替えてきたのと同じように、ここから出ていきたがっているのか？

「母さん、そんなの無理に決まってるでしょう。先生だって、もう少し頑張れば手術を受けられるようになると」

透里は硬い声で母を窘めた。

「手術なんて、もうどうでもいいの。ここにいても苦しいだけ。あんな治療はもうたくさんなの。早く家に帰りたい」

「母さん」

「安楽死、というのもあるそうよ」

「そんなの、日本では認められてませんよ」

透里は思わず強く母の話を遮った。

あまりにも身勝手な言いようには、さすがに怒りが湧く。

「そうなの……」

母は寂しげに微笑んだだけだった。

決して押しが強いわけじゃない。母はわがままなことを言うが、それが叶えられなかったといって、逆上するタイプでもない。

ただ、今と同じように寂しげに微笑むだけだ。

そして、見ているこちらのほうが、悪いことをしてしまったような気分になる。

考えてみれば、母は何事に対しても執着など見せたことはなかった。次から次へと部屋を替えたり服を替えたりするのも、物欲に駆られてというよりは、物に執着していないからだろう。

離婚した夫には露ほどの関心も見せず、ただ黙って送金を受け取っていたのも、母が生きること自体に執着していないせいだとも思えてくる。

母が退院したがっているなら、いっそのこと希望どおりにしてやったほうがいいだろうか。

そうすれば、少なくとも今後の入院代はかからない。今のマンションに住み続けるわけにはいかないが、どこか安いアパートでも見つけて……。

それなら、自分が大学院を辞めればなんとかなるかもしれない。借金は残るだろうが、それは自分が働いて返していけばいい。

もし、母の病状が悪化して苦しがったら、その時は……。

ふいに母が口にした「安楽死」という言葉が浮かび、透里は激しく首を振った。

母はどこか歪んでいるが、それでも憎いわけじゃない。自分にとっては、たったひとりの家族なのだ。少しでも早く治ってほしいと思うし、できれば長生きもしてほしい。

とにかく今すぐ何かを決めるのは不可能だった。

母に今の状況を説明するにしても、もう少し整理する必要がある。四方八方塞《ふさ》がったこの状態からどう抜け出せばいいのか、少し落ち着いて考えてみる必要があった。

「ごめん、母さん。今日はあまり時間がない。明日、また来るから」

「ええ」

かすかに答えた母は、またぼんやりと窓の外を眺め出す。

透里は胸の内で重いため息をついて、母の病室をあとにした。


「敷島君、待ってくれ」

病室を出てエレベーターに向かう途中、ふいに後ろから呼び止められる。

見覚えのない男に、透里は首を傾げた。

グレーのくたびれかかったスーツを着た男は四十代の後半といったところで、さほど背が高くないが、腹が出かかっている。

病院の医師という感じではなく、かと言って自分の大学の関係者でもなかった。

「ぼくに何か?」

透里は怪訝な思いで訊ね返した。

すると男はほっとしたように笑みを浮かべる。

「よかったよ、君をつかまえられて。私はこの病院の職員で平野《ひらの》という者です。実はお母さんのことで、君に少し訊きたいことがあってね」

「母のこと、ですか?」

透里は内心でぎくりとなった。

病院の職員ならば、入院費のことだろうか。

「少し、時間が取れるかね？」

「はい……」

断る理由などなくて、透里は男の誘導に従った。

「今の時間なら空《す》いてるから」

男はそう言って、透里を病院内にあるカフェに案内した。

病院らしく、入り口に「全席禁煙」の大きなプレートがかかっている。奥はわりに広く、全面ガラス張りの向こうには手入れの行き届いた芝生の庭が見えていた。

雰囲気がよく、メニューも豊富に揃《そろ》っており、昼時には患者や病院関係者で混雑する場所だ。透里も一度ここでランチを取ったことがあるが、今は閑散としていた。

平野と名乗った男は、その中でも一番奥の窓際の席へと歩いていく。

ここなら誰にも話を聞かれずに済むという配慮なのだろう。

席についてコーヒーを注文する。さほど待つこともなくそのコーヒーが運ばれてくる。

カップをテーブルに置いたスタッフが充分に離れた頃を見計らって、ようやく平野が口を開いた。

「君はうちの大学の博士課程に通っているそうだね。なんの研究を？」

「天文学科です」

「天文？　あの、星空を見る？」

「ええ」

「そうか……頭のいい人は何を考えているかわからんね。そういう頭を持っていたら、私なら迷わず医者になるがね……」

平野はそう言って、コーヒーをひと口啜《すす》る。

入院費のことをいきなり切り出すのは配慮に欠けるとでも思っているのだろうか。

だが、透里にはなんと答えていいかもわからなかった。

黙ったままでいると、平野がふと上目遣いに見つめてくる。

「大変だろうね、君も……」

「あの、お話というのは？」

「ああ、悪い、悪い。話というのはほかでもない千鶴《ちづる》さんのことだ」

「千鶴？」

透里はさすがに眉をひそめた。

千鶴は母の名前だ。見知らぬ男にいきなり母の名前を出され、困惑する。

「いや、悪いな。君のお母さんのことだよ。入院費のこととか、君の相談に乗ってやってほしいと頼まれてね」

「母がそんなことを？」

驚きで目を瞠《みは》ると、とたんに平野が困ったように視線をそらす。

「いや、はっきりとそう頼まれたわけじゃないんだ。でもね、未払い分がかなり嵩《かさ》んでいる。大学院生というなら、君は世間のことに疎いだろう。千鶴さんも夢の中に住んでいるような女性だ。誰かが親身になって相談に乗ってあげないとね」

平野は自分こそがその適役だと言いたいのだろう。

ありがたい申し出だった。しかし、気安く母の名前を呼ぶ男に、かすかな嫌悪を感じる。

「公的な補助のほかに、うちの病院でも治療費の免除を受けられる制度があるんだけど、知ってるかい？」

「いいえ」

透里が硬い声を出すと、平野はにやりと口元を歪める。

低姿勢なのにどこか得意げで、透里はますます気分が落ち込んだ。

「もちろん厳しい審査があるんだ。手続きも面倒だし、条件も色々とつけられている。中込みをする患者さん、多いんだけどね、大抵どこかで規定に引っかかるんだよ。だけど、まあ規定には抜け道もあるからね」

透里はじっと平野の様子を見守った。

まさか、この男は母のために、その規定を曲げてもいいと言っているのだろうか。

それに、平野は見返りに何を求めているのだろう?

「あの……あなたはどうして助けてくださるのですか? 母とどんな話をなさったのですか? 何か約束でも?」

曖昧なままでは仕方がないと、透里は正面切って問いかけた。

すると驚いたことに、平野は恥ずかしげに横を向いたのだ。

「そんな、約束など何もないよ。千鶴さんのような女性……いや、悪い。君のお母さんのような女性は、誰かが守ってあげなくちゃいけない。少しでも力になれればいいと思っただけだ」

四十代の男が、まるで中学生のように顔を赤くしている。

透里は信じられない思いで首を振った。

考えてみれば、これに近いことは何度もあったのだ。

母はいつも心ここにあらずといった風情で、ふわふわ頼りなさそうに見える。儚《はかな》げで、しっかりつかまえておかないと、どこかへ飛んでいってしまいそうな雰囲気で……。

息子の自分だって、時にはそう感じることがあるほどだ。

平野は母に恋しているだけなのだろう。

「平野さん、ぼくも入院費の件についてご相談しなければと思ってました。できればもう二、三日、考える時間をいただけますか? 未払いになっている分はなんとかしたいと思ってます。今後もずっとこちらの病院でお世話になるかどうかも含め、もう少しだけ考えさせてください。そのうえで、改めてご相談させていただけますか?」

「君! まさか千鶴さんを退院させる気じゃないだろうな? だめだよ、楠木《くすのき》先生は権威なんだ。千鶴さんの病気は楠木先生以外には治せない。ほかの病院に移すなんて絶対に考えちゃだめだ!」

平野の勢いに、透里はほっと息をついた。

少なくともこの人は真剣に母のことを思っている。それがわかったことで、最初に感じた嫌悪が薄らぐ。それに、もとより母の恋愛に介入する気はない。

透里は静かに席を立ち、丁寧に頭を下げた。

「すみませんでした。ぼくたち親子のことでわざわざ時間を取っていただいて……また相談させてください」

「あ、ああ……待ってるよ」

コーヒー代は平野が払うと言う。あまり固辞してもと思い、透里は再び頭を下げて支払いを任せた。

平野と別れた透里は重い気分のままで病院の出口へと向かった。

日没が近いのか、ガラス戸の外はもう薄暗くなり始めている。

壁の時計に目をやると、正面玄関が閉まるぎりぎりの時間だった。夜間専用の出入り口は広い病院でも正反対の場所にあるので、透里は歩みを速めた。

そして、自動ドアを抜けた瞬間、透里は思いがけない人物が立っているのに気づいた。

車寄せの向こうは花壇になっている。その境に石造りの手摺《てす》りがあって、そこに寄りかかっていたのは海里だった。

「ど、どうして、ここ、に……?」

透里は驚きのあまり、掠《かす》れた声を出した。

もう二度と会えないと思っていた。なのに何故ここに海里がいるのか、わからない。

もしかして、誰か知り合いでも入院しているのか?

そんなよけいなことまで想像したが、海里は明らかに自分を待っていた様子だ。

「弁護士に言われて来たんですよ」

すっと近づいてきた海里が淡々と口にする。

「山田、弁護士に?」

「とにかく少し話があります」

端整な顔に無表情を貼りつかせた海里はそれだけを告げて、くるりと背を向けた。そして透里が当然ついてくるものと確信しているかのように、迷いもなく歩き出す。

送金が打ち切られた事情はもう聞いた。これ以上、なんの話があるのかわからない。しかも、海里自身がこんな場所まで出向いてくるとは、まるで狐《きつね》につままれたような気分だ。

海里が向かったのは病院の駐車場だった。

白の外車を自分で運転してきたらしく、右側にある助手席のドアを開けられる。

「どうぞ、乗ってください」

「あ、ああ……」

透里はぎこちなく応じた。

ふと気づくと、海里はライトグレーの格子柄のスーツに着替えていた。黒っぽい細めのネクタイを合わせている。

今はオフタイムということなのだろうか。会社で見た時よりラフな雰囲気だが、惚れ惚れしてしまうのは同じだった。

透里が助手席に収まると、海里はすぐに車をスタートさせる。

無駄のない手慣れたハンドル捌《さば》きで、車はすうっと大通りを走り出した。

どこまで行こうとしているのだろうか?

だが、行き先などどこでもよかった。

何故なら、海里が隣にいると思っただけで、胸が締めつけられたような懐かしさに駆られていたからだ。

問題が山積みで、これからどうしていいかもわからない。

しかし、今この瞬間、海里は自分のすぐそばにいる。そう、ほんの少し身体を傾げただけで海里に触れられる……そんな間近な距離にいるのだ。

まるで子供の時の海里がそばにいるようだった。くっついているわけでもないのに、温かな体温が感じられる。

西の空に太陽が沈み、道路から影が消える。

トワイライトタイムには何か不思議なことが起きるという。確か、そんな映画かドラマがあった気がする。

むしのいい夢だが、今この瞬間だけでも、なんのわだかまりもなかった過去に戻れないだろうか。

母は敷島家の屋敷を出ていかず、海里とずっと兄弟のままでいられたら……。

せめて、あの時、海里に嘘をつかずに済んでいれば……ちゃんと事情を話して別れの挨拶《あいさつ》ができていれば……。

海里がわざわざ病院まで迎えに来たのは、自分たちのことを気にかけてくれたからだ。

そんな夢みたいなことが本当に起きないだろうか……。

けれども時間は刻々と過ぎて、ヘッドライトを点灯した車が徐々に増えてくる。

空の暗さが増すにつれ、街灯の光が目立ち始め、いつの間にか道路にはその影ができていた。

トワイライトタイムの終了と同時に、短い夢も終わる。

結局は海里が訪れた理由さえ確かめられず、透里は胸の内でため息をつくだけだった。

海里はひと言も声を発することなく運転に専念しているように見える。

そして、海沿いのホテルまで来て、正面玄関でようやく車を停めた。

さっと近づいてきたポーターがドアを開け、透里は促されるままに車を降りた。

「お帰りなさいませ、敷島様」

海里はこのホテルの常連らしく、名前付きで挨拶を受けている。それも「いらっしゃいませ」ではなく「お帰りなさいませ」だ。

透里は怪訝に思ったが、海里は黙ってロビーを突っ切っていくだけだ。

奥のエレベーターで到着したのはかなり上の階で、廊下を進んだ海里はカードキーを挿し込んで部屋のドアを開けた。

とおされたのは広々としたスイートルームだった。きちんと清掃が終わっているにもかかわらず、奥のデスクには書類が載っている。

様子からすると、海里はこのホテルに何日か連泊しているようだ。

透里は所在なく入り口近くに立ったままだったが、海里はその間に上着を脱ぎ捨て、ネクタイもゆるめてしまう。

そして、どさりとソファに腰を下ろしてから、唐突に口を開いた。

「そんなところに立っていないで、座ったらどうですか？」

「あ、ああ……わかった」

透里はぎこちなく応じ、海里とは違うソファに座った。

窓の外にはきれいな夜景が広がっている。それを満喫できるようにソファはコの字形に並べられていた。透里が座ったのは窓を正面にする位置だ。

小さな星屑《ほしくず》が散らばっているように見えるのは港だろう。

そういえば、昔住んでいた屋敷は、この近くだった。

このホテルと港との間に、灯《あか》りが少なく暗い影になっている部分がある。あの中のどこかに屋敷があったはずだ。

何故か唐突にそんなことを思い出す。

「病院の支払いは済ませておきました」

「え？」

いきなり告げられた言葉に、透里は目を見開いた。

今、海里はなんと言った？

支払いを済ませた、と言ったのか？

信じられずに凝視するなかで、海里はごく自然な動作で立ち上がる。

「か、海里……？」

思わず名前を呼んだが、海里は振り返らなかった。

そして、長身の腰を折って冷蔵庫の中から缶ビールを取り出す。

「あなたも何か飲みますか？　ビール？　ワイン？　ほかのものがよければルームサービスを頼みますが」

「そ、それなら白ワインを……」

頭の中は疑問でいっぱいなのに、普通に答えている自分が信じられない。

あまりにも目まぐるしい一日だったので、脳細胞がすでに活動を止めてしまったような感じだ。

海里はワインのボトルを脇《わき》に挟み、グラスふたつと缶ビールを器用に運んできた。

席に座る前にスラックスのポケットからオープナーを出し、手慣れた様子で白ワインのコルクを抜く。

ラベルまでは見えなかったが、ボトルの形からするとブルゴーニュの白だ。とぷとぷとグラスに注《つ》がれると、芳醇《ほうじゅん》な香りが鼻についた。

「どうぞ。銘柄はまあまあでしょうが、冷蔵庫で冷やしていたからたいした味じゃないかもしれない。口に合わなければ何か別のものを持ってこさせます」

そう言ってグラスを差し出した海里は、プシュッと開けた缶ビールに直接口をつけている。車の中ではずっと緊張していた。心はどこか遠くへ飛んでいたが、こそとも音を立てないで息を殺していたのだ。

それなのに、いきなりこんな展開になって、どうしていいかわからない。

「あ、あの……さっきのは、どういう意味だろう?」

透里はワインを飲むどころではなく、掠れた声で問い質した。

海里はごくごくと豪快に喉を鳴らし、そのあとふうっと息をついて缶ビールをローテーブルに戻す。

そして、ゆっくりと透里に視線を巡らせてきた。

「病院の支払いは済ませた。そう言っただけです」

「ど、どうして? だって、君にはもうそんな義務はないと」

「そう、義務はない……しかし、弁護士からは、もう一度あなたと話したほうがいいと忠告された」

透里はますます困惑の度合いを深めた。

もう一度話をするべきだという忠告が、何故病院の支払いに結びつく?

「ほかにいくら必要なんですか?」

淡々と問われ、透里はかっと頬を染めた。

ぎゅっと両手を握りしめ、奥歯も噛みしめる。それでも羞恥が増すばかりで、今すぐ逃げ出したいとの衝動を堪えるのが大変だった。

「き、君には支払い義務がないと……。返す。今日払ってもらったなら、それも返す」

まともに顔を見る勇気がなく、子供のようにそれだけを口走る。

海里は呆れたように大袈裟なため息をついただけだ。

「できもしないことは言わないほうがいいです」

「そ、そんなことはわからないだろ？　それに、これ以上、お、おまえに借金をするわけにはいかないんだ」

「今さら少々上乗せしたところで、たいして変わりはありません」

丁寧なしゃべり方をされると、よけい皮肉に聞こえる。

母と自分は、縁《ゆかり》も所縁もなくなった敷島家に寄生して生きてきた。

今まで十五年近く浪費してきた金額を思えば、確かに病院の支払いなど微々たるものだろう。

今まで見て見ぬ振りを続けてきた自分が恥ずかしい。心底厭《いと》わしくてたまらなかった。

しかも〝弟〟だった海里から、さらなる施しを受ける。

そんな事態に陥ってしまったのだ。

「どうしてなのか、理由を……理由を聞かせてほしい」

透里は消え入りそうになりながら訊ねた。

「理由？」

「会社で説明を聞いて、もう縁はなくなったものと思っていた。それなのに、何故急に気が変わったのか、教えてほしい」

透里は羞恥を堪えて視線を上げた。

僅かに首を巡らせると、ゆったりソファに背中を預け、長い足を組んでいる海里の姿が目に入る。だが、海里の眼差しは自分にではなく、窓に映る夜景へと向けられていた。

視線を合わせるのも嫌なのだろう。口で罵倒されない分、よけいにひしひしと海里の冷淡さを思い知らされるようだ。

「弁護士は、あなたの血筋を疑ってました」

「ぼくの血筋？」

「似たような名前だからでしょう。あなたと俺が、本当の兄弟ではないかと疑っていたようです」

「まさか、そんなはずない。母はそんなこと、一回も口にしたことがない……名前が似ているのは偶然だ。き、君のお父さんだって、そう言っておられた。覚えてないのか？」

透里は、むきになって言い募った。

それでも海里は目を合わせようとすらしない。

「透里と海里……素晴らしい偶然だ。君たちはきっと兄弟となるべき運命だったんだ……確かそんなことを言ってましたね」

海里はさらりと告げる。

けれど、そこに懐かしげな雰囲気は皆無だった。ただ単に、事実のみを伝えるといった感じで。

海里は缶ビールを手に取って、残りを全部喉へと流し込む。

そうしてようやく透里へと目を向けてきた。

「あなたと俺は赤の他人。だが、山田弁護士はずっと疑い続けていたそうです。血の繋がりがないなら、何故離婚した妻の援助を続けてきたのかと……。しかも世間一般の基準に照らし合わせれば、非常識極まりない高額の援助だ。事は敷島家の財産の行方にも関係してくる。いくら念書を取っていても不安だったのでしょう。しかし、今日、あなたの顔を見て、さすがに疑いを解いたようです。あなたと俺……まったく似ているところなどありませんからね。あなたの中に、俺の父の面影はない」

突き放すように言われ、透里は頷いた。

しかし、似ていないことに同意しただけだ。

「でも、それならどうして？」

「さあね……彼は世間ずれしていないあなた方親子が可哀想だと言ってました。もう少し、せめてあなたが大学院を卒業するぐらいまでは、猶予をやってもいいのではないかと……最初のうちは一刻も早く送金を打ち切るべきだとうるさかったのに、ずいぶんと変わったものだ」

あの弁護士は確かに同情的だった。

けれど、話を聞けば聞くほど情けなさに追い打ちをかけられる。

世間ずれしていない。それは無能力の烙印《らくいん》を押されたに等しいことだ。

「やはり、厚意に甘えるわけにはいかない。病院の支払いをしてくれたのは、正直言ってありがたい。しかし、これ以上は……」

透里はそう言ってゆるく首を振った。

だが、返ってきたのは先ほどよりもさらに冷淡で皮肉っぽい言葉だ。

「それで？　借金は返してくれるとでも？」

「も、もちろん、か、返すよ」

透里がそう応じると、海里はさもおかしげに口元をゆるめた。

「あなたにいったい何ができるんですか？　就職先が決まっていると言っても、一年以上も先のことでしょう。それとも大学院を辞めてフリーターにでもなりますか？　彼らが月にいくら稼ぐか知ってますか？　それでお母さんの入院費が払えるとでも？」

次々たたみかけられても、透里はひと言も言い返せなかった。

今ついている天文学の坂本教授は、透里の卒業と時を同じくして退官することになっている。坂本教授の研究が世間で脚光を浴びたのはもう二十年以上昔の話だ。研究は打ち切りとなり、研究室も閉鎖されることになっていた。

透里は卒業後、アメリカの大学に研究員として派遣されることが決まっている。だが、それはあくまで博士課程の論文を仕上げ、学位を取得しての話だ。途中でそれを放棄すれば、天文学を学んだなどという学歴は塵《ちり》に等しいものとなる。

まして世間は就職難。まともな職に就くのは至難の業《わざ》だろう。海里の指摘どおり、時給いくらのフリーターとしてやっていくしかない。

仮に時給千円で計算したとしても、ひと月の稼ぎは母の数日分のベッド代にしかならなかった。

「でも、……それでも……これ以上の迷惑はかけられない。ぼくたちは君に……っ」

「プライドですか?」

「そういうわけじゃ……」

「かつて、一時的にでも弟と呼んだ者からの施しは受けたくないとでも……?」

皮肉たっぷりな言い方に、透里は唇を嚙みしめた。

整った顔には冷笑が浮かんでいる。シニカルに口角を上げ、いかにも自分を馬鹿にしきったような笑み。

海里は明るく朗らかに笑う子だった。きかん気なところもあったが、基本的に優しくて、一途《いちず》に自分を慕ってくれた。

それなのに、十五年の月日は海里をまったくの別人に変えてしまった。

自分たちが海里を騙《だま》して裏切ったせいだろうか。

だが海里は、昔のことで声を荒げることもない。

もしかしたら、海里にとって自分は、憎む価値もない存在なのかもしれない。

「それで、どうするのです？　あなた方は敷島の姓を名乗っている。妙なことでもしでかされたら困る、という理由もありますが？」

軽蔑しきった調子でたたみかけられて、透里は胸が抉《えぐ》られたような痛みを感じた。

自分たちは軽蔑されて当然のことをしていた。

でも、昔あんなにも朗らかでいい子だったのに、今の海里から感じられるのは傲慢《ごうまん》さだけだった。

しかし、海里をこんなふうに変えてしまったのは、ほかならぬ自分なのだ。

「海里……ゆ、許してほしい。許して、ほしい」

罪の意識に耐えかねて、透里は掠れた声で懇願した。

許されることでないのはわかっている。

だが、こんなふうに冷淡そのものの様子で皮肉な物言いをするのではなく、直接怒りをぶつけてほしいと思う。

透里の裏切りを絶対に許さない。

せめて、真正面からそう罵倒してほしかった。

しかしソファに背を預けた海里はゆっくり腕を組み、おかしげに片眉を上げただけだ。

「許す？　いったいなんのことです？」

「ぼ、ぼくたちは君に嘘をついて、屋敷を出ていった。どれほど君を傷つけたか……ぼくは、待っていると約束したのにっ」

透里は涙を滲《にじ》ませながら言い募った。

それでも海里は毛ひと筋ほどの動揺も見せない。

「どうしても昔の話を蒸し返したいようですね」

「海里……」

「俺があなた方を恨んでいると言えば、満足なんですか？」

薄く笑みさえ浮かべて言う海里に、透里は息をのんだ。

完全に見透かされている。

「残念ながら、俺には、そこまであなたに入れ込む理由はありません」

あっさり言い切られ、透里は喉の奥の塊を必死にのみ込んだ。

海里は、手を伸ばせば届く距離にいる。それなのに、果てしなく遠く感じる。

許さない。

そのひと言がほしいと思うことすら、甘えだったのかもしれない。

だが、海里はふいに口調を変え、思いがけないことを言い出す。

「でも、そうですね。兄さん……あえて、そう呼ばせてもらいますが、兄さんが満足のいく答えを出してあげましょうか？」

「海里……？」

「弁護士はさすがに遠慮して伏せていたようですが、まず本当のことを教えてあげましょう。あなたの母親は、長い間父の愛人を務めていたんですよ。知ってましたか？」

「えっ？」

思いがけない言葉に透里は目を見開いた。

「離婚したあとの話ですよ。だから、あなたの母親が受け取っていたのは、愛人としての手当だったということです」

「そんな……おかしいだろ？　だって、それなら何も離婚する必要はない」

愛人というあやふやな関係より、妻のほうがよほど立場がいいに決まっている。

「何も思い当たりませんか？　愛人のほうが妻の立場より都合がいい理由」

透里は力なく首を振った。

いくら考えても、明確な理由など思い浮かばなかった。

敷島氏が横暴な夫だったというなら話は別だ。しかし、優しく理解のある人だった。屋敷には使用人も数多くいて、母は家事に追われる心配さえなかったのだ。

海里は何故か楽しげに言葉を続ける。

「結婚生活にはひとつ余分なものがついてくるでしょう？」

「え？」

「俺、という子供が、ね」

「そんな馬鹿なっ！」

すかさず否定した透里だが、次の瞬間にはぞくりと背筋が冷えた。

あり得ない話ではない。

あの母なら、充分にあり得る話だ。

——あの子は私の子供じゃないわ。

頭の中に、そう言い切った母の声が木霊《こだま》する。

そんな馬鹿な！

海里を否定するためだけに、優しい敷島氏と離婚した？

それでも透里はまだ信じられなかった。

万一海里が邪魔《じゃま》だったとしても、結婚生活を放棄する理由としては弱すぎると思う。

母はもともと熱心に子育てをするタイプじゃない。敷島氏だって、それは最初からわかっていたはずだ。

海里の存在を認めたくなければ、なるべく顔を合わせないように暮らしていくことだって可能だった。

もちろん海里は寂しがるだろう。それでも母の代わりに自分がそばにいてやればいい。絶対に寂しい思いをさせないように気をつけてやれば、うまくいったかもしれない。

でも母は黙って屋敷を出ていくほうを選択した。どういう理由でか、母は自分とふたりだけで暮らしていく道を選んだのだ。

青ざめた透里を見て、海里がさも満足そうに微笑む。

これが本心からの笑みだとすれば、悲しすぎる。

透里は喉の奥の熱い塊を無理やりのみ込んだ。

「やはり、思い当たるふしがあるようですね。しかし、あなたが責任を感じることでもない。父とあなたの母親の間でどういう取り決めがあったのか、今となってはどうでもいいことだ。とにかくあなたの母親は離婚して屋敷を出ていき、身軽な愛人の立場を選んだ。事実はそれだけです」

「しかし、君は置いていかれて傷ついただろう！」

たまらず叫んだとたん、海里が鋭く目を細める。

微笑みが消え、海里の顔にはまた底なしの冷たさがあるだけだった。

「憶測でものを言うのは止めてもらいたい。それに今は兄弟でもなんでもない。俺がどうだったかなど、他人のあなたが気にすべきことでもないでしょう」

「海里、しかし……っ」

透里は我知らず身を乗り出した。

もどかしさのあまり、海里の袖をつかんで揺すったが、その手をぐいっと外される。

「これ以上あなたの気持ちを押しつけられるのは迷惑です」

凍りついたような声で言い切られ、透里は無力さを痛感して唇を噛みしめた。

海里は、謝罪を受け入れるどころか、気遣うことさえ拒絶している。

帽子を取りに行った海里を止めることさえできなかった。母の手を振り払って追いかけることさえできなかった。

信頼していた者に裏切られ、傷ついていないはずはないのに……。

透里は目に涙を浮かべた。堪えようと思っても、あの時の海里の寂しさを思うと、自然と涙がこぼれてしまう。

そして海里は、その透里の涙を見て、再び微笑んだのだ。

「あなたにひとつ提案してあげましょうか」

「……何、を?」

ぽつりと訊き返すと、今度は海里のほうがすうっと手を伸ばしてきた。

「心優しいあなたは自分の母親を見捨てられない。でも、あなたは俺からの施しは受けられないと言う。だったら、あなたも母親と同じことをすればいい」

長い指で子供のように頰の涙を拭《ぬぐ》われる。

ふいに羞恥に襲われて、透里は頰を染めた。

だが、海里が何を言おうとしているのか、まったくわからなかった。

「金を受け取るのに理由が必要なのでしょう？　父があなたの母親を愛人にしていたように、今度はあなたが俺の愛人になればいい」

「！」

透里は涙で曇った目を見開いた。

耳に達した言葉が、とっさには信じられない。

「信じられない、といった顔ですね」

「今、何を言った？」

「俺の愛人として、毎月手当を受け取ればいい。父が払っていたのと同じ額を、今度は俺からあなたに払う。そう言っているのです。あなたが愛人としての仕事を全うすれば、必要なだけの金を受け取れて、なおかつ、あなたのプライドも傷つかずに済む。一挙両得でしょう？」

おかしげに言われ、透里はかっとなった。

「違う！　そういうことじゃないっ！　ぼくは男で、君だって男だ。それなのに、できるわ

けないだろう」

「何故、できないと？」

声を荒げるでもなく問い返されて、透里はしどろもどろに言葉を続けた。

「だって、そんな……君とぼくが、に、肉体関係を持つなど……兄弟、だったのに……」

海里は先ほどよりも近い位置にいる。

会話の内容が内容だけに、心臓の鼓動がやけに大きく響き始める。

「血の繋がりはまったくない。しかも今は戸籍上も赤の他人。だいいち男同士で子供ができるわけでもない。気にする必要がありますか？」

「き、君は、そ、そういう趣味だったのかっ」

「別に」

さらりと否定され、また新たな怒りも湧いてきた。

普段、こんなふうに感情を乱されることなど皆無だった。なのに、短い時間でどれだけ振り回されたことか。

「じょ、冗談なら、やめてほしい。そういう趣味じゃないなら、ぼくみたいな者が対象になるわけないだろう」

透里は必死に感情を抑えて抗弁した。

すると海里が宥《なだ》めるように肩に手を置いてくる。

伝わってきた体温に、透里はますます動揺したが、海里はあくまで余裕たっぷりだ。

「冗談？　そんなつもりはありませんよ。それに自分のことを卑下する必要はありません。あなたはきれいだ。充分に男の欲望をそそる。今までそういう経験はないんですか？」

「あ、あるわけないだろっ」

かっと頬を染めると、海里はくすりとしのび笑いを漏らす。

「とにかく、俺はどっちでもいいですよ。これはひとつの提案です。どうするかは、あなたが決めてください。いずれにしても、必要な金は出しましょう。あなたが言うところの施しとしてそれを受け取るか、正当な報酬として受け取るか、決めるのはあなたです」

海里は淡々と言って、身を引いた。

距離が離れると、急にあたりの空気まで冷たくなる。

会社ではまったくの無関心だった。まるで道端に転がっている石ころを見るような目つきをされただけだ。

それからすると、今の成り行きが信じられないくらいだ。

でも、会社で説明を聞いただけで、もう二度と会えなくなるかもしれなかったのだ。それを思えば、このおかしな展開もまだましだということだろうか。

「か、考えさせてくれ」

透里は呻《うめ》くように口にした。

これからどうしようという深い考えがあったわけではないが、申し出を即行で断ることはできなかった。

だが、海里は何故かやわらかな微笑を浮かべる。

「あまり長い時間はあげられません。そうですね、とりあえず食事をしましょう。その間に答えを出してください」

「わ、わかった……」

透里は素直に応じるしかなかった。

そんな短い間に決められることではない。だが、海里の微笑みは見惚《みと》れてしまうほどきれいで、ほかのことはいっさい思いつかなかったのだ。

「食事は何がいいですか？　外へ食べに出ますか？　それともルームサービスを取りますか？」

「ぼ、ぼくはどちらでも……君が、決めてくれ」

「では、ルームサービスを頼みましょう」

気軽に応じた海里は、透里が呆然としている間に、デスクまで行って受話器を取り上げる。

海里が注文をとおしている間、透里は必死に考えた。

どうしてこんな展開になってしまったのだろうか。

今まで母との生活に波風を立てたくなくて、何ひとつ自分の意見を言わなかった。

好みを問われれば、もちろん最低限の答えは返す。しかし、どうしてもこれでなければと、意思表示をしたことは一度もなかった。

食事、インテリア、それに透里が身につける衣類も、すべては母の好みだ。スーツや靴、バッグなど、最初の一点は必ず母が選んでいた。そして母の眼鏡に適《かな》うブランドがあれば、そこでいくつか好きなものを買い足す程度。

最難関といわれる大学を志望したのは、高校の時の担任に勧められたから。大学院への進学にしても、教授から勧められたので、それに従っただけだ。

今まで自分の意思で重大な決定を下したことはない。いかに優柔不断に生きてきたか、今さらのように突きつけられて、どうしていいかわからなかった。

母の病状を考えれば、黙って海里の親切を受け入れるのが一番だろう。海里が突拍子もない愛人契約の話を持ち出したのは、自分がこれ以上施しは受けられないと意地を張ったせいだ。決して本心から望んだ話ではないだろうし。

今までどおりの卑怯な自分に戻り、君の親切には感謝するとでも言って、お金を受け取ってしまえば、四方八方丸く収まるのだ。

母は安心して手術を受け、自分も論文だけに専念して……。

今日一日で知った事実、それを聞かなかったことにして、忘れてしまえば、今までどおりの安穏とした生活に戻れるのだ。

けれど、海里とはこの先二度と会うこともなくなる。

それを思うと恐怖に駆られ、芯から震えてしまいそうだ。

残された道はあとふたつあった。

ひとつは海里の援助も申し出も断って、明日からどん底の生活を始めるという選択肢だ。病院で会った平野は色々な制度を利用すればいいと言ったが、そう何もかもうまくいくとは思えない。

大部屋に移ってくれと頼めば、母はまた治療など受けないと言い出しかねない。そして、無理やり退院したとしても、今まで住んでいたマンションではなく、きたないワンルームが我が家なのだと知れば、母は再び安楽死のことを持ち出すだろう。

いっそのこと、母を道連れに心中するというのはどうだろうか。

病院では怒りを覚えただけだが、案外そっちのほうが楽な道かもしれない。

そんなことまで考えて、透里はゆるく首を振った。

自分はどこまで卑怯者になれば気が済むのだろう。

「軽いものを頼みました。すぐに持ってくるでしょう」

「あ、ああ、ありがとう」

海里がソファまで戻ってきて、透里はふっと我に返った。

「ワインの銘柄、やっぱり気に入りませんでしたか？　好みのものがあるなら、もう一度頼んできますが」

「いや、いいんだ。そんな必要はない。これ、いただくよ」

透里は静かに海里を押し止《とど》め、水滴のついたワイングラスを取り上げた。

ほんの少し口に含み、それを飲み干す。なめらかな口当たりのワインだった。

いっそのこと、残りも一気に飲み干して酔ってしまいたい。

唐突にそんな衝動に駆られる。

ワインの酔いで、何もかも忘れられたらどんなにいいだろうかと。

「俺も少し貰いますよ」

海里がボトルを取り上げて、自分の分のワインを注ぐ。

「ごめん。気がつかなくて……」

「別に……」

透里はほんのり頬を染めたが、海里から返ってきたのはそっけない返事だった。

海里はゆったりとソファに背中を預けながらワインのグラスを傾ける。

シャツのボタンを外し、ネクタイもゆるめていたので、喉が上下するのがはっきりと見えた。

些細《ささい》なことなのに、それを見ただけで、急にどきどきと心臓が高鳴り始める。

これも、愛人にするなどと言われたせいだろうか。

「あ、き、君はいつもこのホテルに泊まっているのか？」

透里は慌てて海里から視線をそらし、どうでもいいことを訊ねた。

「このホテルはよく使っているほうです。今回はまあまあ長いな。一週間ほどか」

何気ない答えに、透里は胸が震えるようにせつなくなった。

この口ぶりでは、海里はずっとホテル暮らしをしているようだ。

あの屋敷はどうしたのだろう？

海里はもうあそこには住んでいないのだろうか？

訊きたいことは山ほどあったが、言葉がスムーズに出てこない。こうして間近で海里を見つめているだけで精一杯だ。

会社で見かけた時は圧倒されるような迫力を感じた。しかし、静かにワインを飲む海里はどこか寂しげで、孤独というオーラをまといつかせているようにも見える。

それとも、そう見えてしまうのは、単なる願望だろうか。

忘れようとしても忘れられない罪の意識。

目を閉じれば今でも鮮やかに、白い帽子が浮かぶ。

何事にもさほど感動を覚えることなく、ただ流されるままに生きてきた。

激しく胸が痛むのは、白い帽子を思い浮かべた時だけだ。

無為に生きてきた十五年の歳月……。

何事にも無感動だったのは、きっとあの日から心の時計が止まっていたからだ。

追いかけたかったのに、母の手を振り払えなかったあの日から、自分という人間はただの抜け殻になっていたのだろう。

心をあの屋敷に置いたままで、ただ呼吸をくり返していただけだ。

無邪気に懐いてきた子供はもうどこにもいない。

目の前にいるのは逞《たくま》しく成長した〝弟〟だ。しかも、かつての〝兄〟を愛人にしようなどと、とんでもないことを言い出して……。

ドアベルが鳴らされて、海里がすっと立ち上がる。

ホテルのスタッフがふたり、料理を載せたワゴンを押してきた。

「こちらのテーブルでよろしいでしょうか？」

海里が頷くと、手早くテーブルセッティングがされ、可愛らしくきれいに盛りつけられた前菜の皿が並べられる。

「さあ、食事にしましょう」

「わかった。ありがとう」

海里に促され、透里はソファからテーブルへと席を移した。

部屋の灯りは海里の指示で、テーブルを照らすものを除いてかなり絞られている。

部屋が薄暗くなったせいか、窓の外の灯りが宝石のように輝きを増していた。

飲みかけだったワインはローテーブルに放置され、新しくシャンパンのボトルが開けられている。

海里が手ずから淡い金色の酒を細いグラスに注ぐ。

「とりあえず、乾杯でもしますか？」

透里はじっと海里を見つめながら頷いた。

何に？　とは訊けなかった。

自分は海里に会えただけでも嬉しかった。だが、海里のほうは面倒なだけだっただろう。

忘れていたかったに違いない自分が突然目の前に現れて、よけいなお金を使うはめになり、さらに気まで使っている。

愛人の話を持ち出したきっかけは、透里が施しは受けたくないと断ったせいだ。

卑怯者に徹し、黙って援助を受ければ、海里との関係もそこで終わる。

本人にすれば、きっとそのほうがせいせいしたことだろう。

海里は自分に興味があって、こんな話を持ち出したわけじゃない。

だが、この話を断れば、海里との間を辛うじて繋いでいた糸が切れてしまう。

遠くで何度か見かけただけの海里が、今はこんな間近にいる。

でも、話を断れば、もう二度とこんな距離で話をすることもなくなるのだ。

「海里……さっきの話、受けるよ」

透里はフルートグラスを持ち上げながら、ごく自然な感じで告げた。

本当は自分でも信じられない気持ちのほうが強かった。

さすがの海里も驚いたのか、双眸《そうぼう》に強い光が射す。

けれど、それはほんの一瞬で、整った顔には冷ややかな微笑が浮かんだだけだ。

「賢明な選択ですね。では、これからの楽しき暮らしに乾杯する。それでいいですね？」

「……それで、いいよ」

答えた声は異常に掠れていた。まるで自分の声ではないようだ。

カチリと小さな音を立ててグラスが触れ合う。

「乾杯」

「……乾杯……」

儀式のように唱えて、金色の酒を口に運ぶ。

怒濤《どとう》のように過ぎた長い一日だった。

そして、明日から、いや、この瞬間から、さらなる歪《いびつ》な日々が始まるのだろう。

けれども不思議と後悔はなかった。

あの夏の日に〝弟〟を失った。今目の前にいる海里は、何がなんでも失えない。

思いはただその一点に絞られていたからだ。

冷徹に整った海里の顔を見つめながら、透里は淡い微笑を浮かべていた。

3

頭から熱いシャワーを浴びながら、透里は今さらのように悩み始めていた。

愛人になることを承諾し、自分も海里のホテルに泊まることになった。しかし、午後大学を出た時の自分と、今の自分とでは、何億光年もの隔たりがある気がする。

男同士で身体を重ねるなど、一度も経験がなかった。やり方がまったくわからない。もう少し余裕があれば、ネットなどで予備知識を得られたはずだが、そんな時間もなかった。

女性との交渉ですらほとんど知らない自分に、愛人の役目が務まるものか、疑問に思わずにはいられない。

女性と肌を合わせたのはたった一度。大学に入学してすぐのことだった。

所属していたサークルで新入生歓迎会が行われ、強《したた》かに酒を飲まされた。酔い潰《つぶ》れた透里は、翌朝、見知らぬアパートで目を覚ました。一学年先輩になる女子学生の部屋で、狭いベッドに並んで寝ていたというオチだ。

透里はまったく記憶になかったが、酔った勢いで行為に及んだのだという。彼女も自分も辛うじて下着だけをつけた、だらしない格好で寝ていたのだから、疑う余地はなかった。

透里は、申し訳なかったと真摯《しんし》に詫《わ》びたが、その後、恋人としてつき合おうと言われた時には断った。彼女には散々泣かれ、罵倒されたが、人と関わっていくことに自信がなかった透里には、仕方のない選択だったのだ。

とにかくそんなお粗末な経験しか持ち合わせていない。それに性欲もそう強いほうではないだろう。差し迫った時には機械的に処理を行うだけで事足りている。

そんな状態で本当に愛人の役目をこなしていけるのだろうか。

しかし、もう契約は交わされたのだ。今さら逃げるわけにもいかない。

それに、自分に満足しなければ、海里は離れていくだけだろう。愛人などと言っても、ほんの一、二回身体を合わせただけで、お払い箱になる可能性もある。

とにかく心配ばかりしていても始まらない。ここまで来たからには、何も考えずに突き進むしかなかった。

透里は首を振って、シャワーを止めた。

これからベッドへ向かうというのに、スーツを着るのもおかしいだろう。

透里は素肌に備え付けのバスローブを羽織り、手早く髪を乾かしてバスルームを出た。

脱いだものを手に部屋に戻ると、海里がすっと立ち上がりこちらへと歩いてくる。

長身を目にしただけで、急に脈が速くなる。

「俺もシャワーを浴びます……。あなたが逃げ出しても、別に怒ったりはしませんよ」

すれ違いざまに耳元でぼそりと告げられて、透里は身体中を強《こわ》ばらせた。

「ぼくは約束を違《たが》えたりしない」

腹立たしい思いでそう口にする。

だが、海里は余裕たっぷりに口元をゆるませただけだ。

「……そう、ですか？」

「ぼくは、絶対に」

そこまで言って、透里はふいにむなしさに襲われた。

自分にそんなことを言う資格はない。あれだけひどく海里を裏切っておいて、約束を違えたりしないなどと、よくも言えたものだ。

しかし海里は、些細なやり取りなど気にした様子もなくバスルームへと消える。

透里もため息をついて、その場を離れた。

スーツ一式をクローゼットのハンガーにかけ、酔い冷ましにミネラルウォーターをひと口飲んで、決意が鈍らないうちにベッドへ向かう。

キングサイズのベッドには、枕のほかにも小さなクッションがいくつも載せられていた。

挟み込まれた毛布を引っ張って、バスローブのままで中に潜り込む。

灯りはまだ煌々《こうこう》と点《つ》いたままだったが、暗くして海里を待つというのもかえって気恥ずかしい。

だから目を閉じた透里は、両腕を曲げて自分の顔を覆い、眩しさを遮った。

これから海里と身体を繋げるのかと思うと、動悸が激しくなるばかりだ。まるで初夜を待つ乙女のようだと自嘲《じちょう》気味に思っても、緊張は少しも解けなかった。予想よりずっと早く海里の気配が近づいて、その緊張がますます高まる。

「逃げなかったんですか」

「……海里……ぼくは逃げたり……」

反射的に言い返そうと思った言葉を、透里は辛うじてのみ込んだ。約束を強調する言葉がどれだけむなしいか、先ほどもそれで失敗したばかりだ。

「今ならまだ大丈夫ですよ。気が変わったら、いつでもお帰りください。俺はかまいませんから」

ベッドの端に腰を下ろした海里が静かに言う。

この関係にいつ終わりが来てもかまわない。始まることさえ期待していない。何をしても許すというのは、自分に対しまったく執着がないからだ。

海里をこんなふうに寂しい人間にしてしまったのは自分なのだろうか。

胸に湧き上がるやるせない痛みを必死に堪えながら、透里は顔を覆っていた腕をずらした。

思わぬ近さに海里の端整な顔があり、自分を見下ろしている。

凪《な》いだ湖面のように静かな瞳と視線が合い、また胸の奥に痛みを感じる。

海里はこんなに近くにいながら、捕らえることができない。それなのに身体だけ繋げることなんの意味があるのだろう。

「ほ、本当にやる気なのか……そ、その……君はもしかして慣れているのかもしれないが、ぼくはこんなこと……」

「選んだのはあなたですよ。逃げないなら、いい加減諦《あきら》めたらどうですか。言ったでしょう。俺はどっちでもいいんです」

「海里……」

「あなたを愛人にして囲うのは俺」

「囲う？」

品のない言い方に透里は眉をひそめた。

「あなたの愛人としての価値に金を出す。言葉を飾ったところで仕方ないでしょう。それに、金蔓《かねづる》である俺を繋ぎ止める努力をすべきなのは、あなたのほうだ。施しを受けたくないというプライドのために、愛人の立場を選んだのでしょう。だったら、あなたのほうから、それらしいことをしたらどうですか？」

皮肉っぽく訊ねられ、透里は我知らず頬を染めた。

海里は、自分から動く気はない。積極的に動くのは透里のほうだと言っている。

一時的にでも弟だった海里と肉体関係を結ぶ。それに自分たちは男同士。

それでも海里が積極的になってくれれば、まだましだった。

けれど海里はそんな甘えを許してくれない。

逃げ出したかった。

何もかもなかったことにして、今すぐここから出ていきたい。

だが、それではこの先永久に海里を失ってしまう。

落ち着いて考えている暇などなかった。でも、よけいな考えはなんの役にも立たない。

海里のそばにいる。

それには海里の愛人になるしかない。

だから、それ以外のことはすべて頭から閉め出し、海里に言われたとおり、自分から動くしかないのだ。

透里は黙って半身を起こした。

海里の肩に手をかけてこちらを向かせ、身をすり寄せる。

それでもまだキスをするには距離が離れている。だから思い切って海里の頭を両手で押さえて、自分のほうに引き寄せた。

経験不足の透里にはどんなふうに事を進めていいか見当もつかなかった。だが、とにかくキスから始めるのが筋なのだろう。

海里はまだされるがままになっている。

透里は位置だけ確認し、あとは目を閉じて海里の唇に口づけた。

「んっ」

ほんの少し触れただけで心臓が跳ね上がる。だが透里は必死に息を止め、何度かついばむように海里に口づけた。

「……ん、……ふ……っ」

苦しくなった息を継ごうとすると、思いがけず甘い喘《あえ》ぎが漏れる。

それが耳に達したとたん、何故か身体の奥で疼《うず》くような熱さが広がった。

次はもう少し深いキス……そう舌を絡め合うようなキスをして……。

透里は思いつきを実行するべく、そっと自分の舌を差し出した。

「ん……んぅ……」

海里は固く口を閉じている。どう誘っていいかわからないので、思い切って舌先でつついてみた。

「……っ」

ほんの僅か空《あ》いた隙間《すきま》からするりと舌を忍び込ませる。

「……んっ」

生温かな舌同士が触れ合ったとたん、ひときわ大きく鼓動が鳴る。身体の芯でもまたいちだんと熱さが増していた。

恐る恐る海里の舌を舐《な》めてみるが、まだ海里から積極的に動く兆候はなかった。

これからの行為をどう進めていいか、なんの考えも浮かばないが、女性とは違って男の欲望には明確な到達点がある。そこを目指し、性感を煽《あお》っていくしかないのだろう。

「……んぅ、……っ」

透里はぎこちなくキスを続けながら、海里に縋《すが》ったままで後ろに倒れ込んだ。そうして仰《あお》向《む》けで海里の重みを受け止める。

だが、動いた弾みでキスがほどけ、まともに顔を見合わせる結果になってしまう。

「あ……」

何故だか心臓が狂ったように高鳴り出す。

なのに、海里にはまだ少しも興奮した様子がない。透里を押し潰さないように両腕を立て、次はどうするのだと、極めて冷静に観察しているように見える。

透里は急激に恥ずかしさに襲われて視線をそらした。

「わ、悪い……下手《へた》くそで……。ぼくは本当に経験値が低いんだ。どうしていいかわからない。だ、だから、もし、よければ君が……」

横を向いたままで自分の未熟さを告白する。

男として、しかも自分のほうが年上なのに、こんなことを暴露するのは恥ずかしい。だが、本当にこの先どうしていいかわからなかった。

「それは、甘えですか?」

さらりと指摘されて、ますます頬が赤くなる。

だが、海里はため息をつくと、するりと透里の首筋に触れてきた。

「いいですよ。やる気がないわけじゃない。そういうことですね？」

確認されて、透里はこくりと頷いた。

「それなら仕方ない。今日は初日だ。あなたの甘え、許してあげましょう」

海里はそう言いながら、そろりと手を動かしてきた。

バスローブの合わせ目がゆるめられ、直接素肌に掌《てのひら》を這《は》わされる。

力を入れずに、そろりそろりとなぞられただけなのに、透里の身体は一気に熱くなった。

覆い被さっている海里も同じくバスローブ姿だ。けれど、細いだけの自分とは違って、合わせ目からは逞しい筋肉が覗いている。

次に触れられたのは胸だった。しかも、いきなり乳首をきゅっとつままれる。

「くっ」

透里はくぐもった声を上げ、びくんと腰を揺らした。

刺激を受けたのは乳首だけなのに、何故か全身が反応してしまう。

「なるほど、感度はよさそうですね」

海里はなんでもないことのように言いながら、さらに刺激を与えてきた。

女性と同じように評価されただけでも羞恥を覚える。

なのに、指でくいっと押されると、じわりとした得体の知れない疼きに襲われる。

先端がさらに敏感になって、軽く触れられただけでも、下肢《かし》までその疼きが伝わっていくようだった。

主導権を預けたとはいえ、こんなに簡単に反応するのは耐えがたい。

「ううっ、……くっ」

だが、海里に胸をかまわれるたびに、喘ぎを堪えきれなくなっていた。

海里は左右交互に胸の突起を弄《いじ》りまわし、そのうちそこに口までつけてくる。

「ここ、感じるようですね。なかなか優秀な身体だ」

「あ、……く、ぅっ」

濡れた口に先端を含まれると、身体中が震えるのを止められない。

ゆっくり吸い上げられると、腰までびくりと浮いてしまう。

乳首を愛撫されて快感を覚えるなど心外もいいところだった。しかし、下腹に熱が溜まっているのは疑いようもない事実だ。

悔しいことに、年下の海里のほうが明らかに経験値が高く、すべてを心得ているのだ。

「あ、……っ、ふっ」

胸に口づけながら、海里の手がいよいよ下肢まで伸ばされる。

バスローブの下にはもともと何もつけていなかった。裾《すそ》をめくられただけで恥ずかしげもなく勃《た》たせてしまった中心がさらされる。

けれど、海里は焦《じ》らすように指先を滑らせただけだ。

胸への刺激だけで中心を勃たせてしまった。それがどれだけ恥ずかしいか。なのに、そこがどんな形になったか思い知らせるように、指でなぞっている。

生殺しのような触れ方なのに、中心にはますます熱が溜まる。

どうせなら、もっとちゃんと握ってほしい。

無意識に腰を揺らすと、海里がじっと顔を覗きこんでくる。

「それ、催促ですか?」

「ち、違う……っ、そ、そんな……っ」

慌てて否定したけれど、海里はにやりと口角を上げただけだ。

だが、次には張りつめたものを直《じか》に握られる。

「あっ、く……っ、ぅぅ」

圧倒的な快感で、透里は思わず身体を反り返らせた。

単に中心を握られただけなのに、一気に達してしまいそうなほど感じてしまう。

「いい反応ですね。これで経験がないとは信じられないほどだ」

「くっ……ううっ」

透里は必死に喘ぎを堪えて首を振った。

なのに、海里に見られていると感じただけで、先端からじわりと蜜が滲む。

「なかなかいい煽り方だ。それも、天性のものか……」

海里は低く呟《つぶや》くと、すっと下方に身体をずらす。

次の瞬間には、熱くなったものがすっぽりと海里の口にのみ込まれた。

信じられない。

「そ、そんなことまで……っ」

透里は慌てて身をよじった。

逃げだそうと思っても、もう遅い。

温かく湿ったもので包み込まれただけで、どうしようもないほどの快感が湧く。窄《すぼ》めた口で根元から先端まで何度も擦《こす》られる。長い舌が絡みつくと、もう声を抑えていられなかった。

「ああっ、あっ……くふ……っ」

透里は甘い声を上げながら、ベッドにぐったりと背を倒した。

男のものを口に含んでいるくせに、海里には乱れたところがいっさいない。煽られて興奮しているのは自分ひとりだ。

あっさり音《ね》を上げたくはないが、快感が強すぎて、すぐに限界が近くなる。

「も、離して……くれ……っ」

透里は首を振りながら頼み込んだ。

いくらなんでも海里の口に欲望を吐きだすわけにはいかない。

だが当の海里は、何も聞こえなかったかのように口での愛撫《あいぶ》を続けるだけだ。

「やっ、……もう……ふ、っ……うぅっ」

透里は限界を超え、自分から大きく腰を突き上げた。

背中を弓なりに反らし、すべてを一気に吐き出そうとした時、絶妙のタイミングで海里が口を離す。

「くっ……うぅ」

もう少しのところで達《い》き損ねた透里は、呻き声を上げた。

涙で霞《かす》んだ目で必死に海里を見つめる。

「ひとりで先に達くのはどうかと思いますが……」

揶揄《やゆ》するように言われ、透里はさらに羞恥に駆られた。

自分ひとりが限界まで追いつめられているのに、海里にはまだなんの変化も認められない。

呆れたように上から眺め下ろしているだけだ。

本来、透里のほうが奉仕すべき立場なのに、ひとりで感じているだけでどうする。

海里はそう責めているのだろう。

「……ぼ、ぼくは……っ」

透里は言葉を詰まらせた。

なんの言い訳もできない。

だが、海里は珍しくやわらかな笑みを浮かべる。

「いいですよ、今夜は」

海里はそう言って、宥めるように腰骨を撫《な》でてきた。

たったそれだけのことで、また身体が小刻みに震えてしまう。

「俯《うつぶ》せになってください」

「あ……うん」

子供のように答えると、次には海里の手で俯せの体勢を取らされる。

顔が見えなくなると、余計に不安を煽られるようだった。

「あ……」

海里の手が双丘にかかり、いきなり秘めた窄まりが広げられる。

何もかも一瞬のことで、羞恥を感じている暇もなかった。

「本当に何も知らないようですね。ここ、きれいなものだ」

海里は小さく呟きながら、閉じた窄まりに指を這わせてくる。

「や、……っ」

思わずやめろと叫びそうになり、透里は必死に声を噛み殺した。

本当は自分から積極的に動くべきなのに、すべて海里にやらせている。それなのに、途中で文句を言うなどもってのほかだろう。

海里に任せると決めたからには、最後まで従うしかない。

しかし、様子を窺《うかが》うように動いていた長い指が、とうとう中に侵入を開始する。

「んんっ……う、くっ……ふ」

透里は必死に両手を握りしめて、異様な感触に耐えた。

そんな場所を弄られたことなどない。

男同士のセックスはそこを使う。漠然とした知識はあるものの、実際、どんなことになるのか、想像さえできなかった。

海里は決して急がない。最初は指先をほんの少しだけ、それから徐々に指を深く埋めていく。

けれども長い指は確実に体内を犯し始めていた。

意外だったのは、そんな場所を弄られても、少しも快感が失《う》せなかったことだ。

それどころか、身体の熱がますます高まっている気がする。

海里は心得たように、蜜を垂らす前にも刺激を与えてくる。

前と後ろ、両方に絶妙の愛撫をほどこされ、透里は前にも増して追い詰められた。

自分ひとりが痴態をさらし、あっけなく達かされるのはどうかと思う。

それに後孔を刺激されながら、達してしまうのも嫌だ。

だが腰をよじって逃げようとしたとたん、中に挿し込まれた指でくいっと敏感な壁を抉られる。

「ああっ！」

いちだんと強い刺激に襲われて、透里はひときわ高い声を上げた。

びくっと腰が浮き上がり、衝撃で達してしまいそうになる。

それなのに、とっさに海里の指が根元に絡みついて、またしても放出を阻まれた。

「透里……兄さん……」

背中から覆い被さった海里がゆっくり指を抜き取り、耳朶《みみたぶ》に息を吹き込むように囁《ささや》く。

ぞくりと身体の芯が震えた。

今になって、そんな呼び方をされるとは、思ってもみなかった。

兄弟でこんな真似をすることへの禁忌……。

それに、昔海里を裏切った罪……。

脳裏を冷えたものが過ぎる。

「だめ、だ……あぁ……っ」

首を振って逃げようとしても、もう遅すぎた。

「素敵ですよ、兄さん」

海里はそう言ったと同時に、透里の腰を抱え直す。

「！」

ひときわ大きく足を開かされ、恥ずかしい窄まりを剝《む》き出しにされた。そうして、濡らされた場所に、熱い塊を押しつけられる。

「か、海里っ、だ、だめだ。やっ、やめ……ああっ」

恐怖に駆られ、否定の言葉を吐いた瞬間、海里はいきなり硬い切っ先をめり込ませてきた。

「今さら、遅いですよ」

海里は怒ったように言い放つ。そのまま奥までぐっと灼熱の杭《くい》をねじ込まれた。

「うっ……うぅ……くっ……」

充分に潤され、やわらかくなるまでほぐされていても、巨大なもので容赦なく開かれて、痛みが走る。

けれど海里の両手にはさらに力が入り、次の瞬間、ぐっと最奥まで貫かれた。

とうとう海里と繋がってしまった。

「兄さん……」

耳にまた甘い囁きが落とされると、何故か海里を咥《くわ》え込んだ中が疼く。

まるでこうなったことを喜んでいるように、内壁が甘く痺《しび》れていた。

「ち……がう……っ」

透里はゆるく首を振った。

こんなことが許されるはずがない。

愛人になることを承知したのは自分だ。けれど、禁忌を承知で繋がって、こんな快感を得るのは間違っている。

「平気そうですね。あなたの中はうねるように熱くなっている。この分なら俺も充分に楽しめそうです」

海里は冷淡に言いながら、ゆっくり腰を揺さぶり始める。

「あ、ああ……っ」

こんなのは違う。海里に犯されて感じるなど、許されるはずもない。

けれど海里が動くたびに、身体の奥から深い快感が湧き起こる。

これは違う。

こんなのは間違っている。

透里は悦楽に侵された頭で必死に考えた。

けれど、海里の動きが速まれば、よけいなことを考えている余裕もなくなる。

ただただ体内を犯す熱い海里だけに神経が集中してしまう。

「透里……兄さん……」

自分の名前を呼ぶ海里の声は、僅かに上ずっていた。

罪の意識を煽る言葉。

だが、それさえも鼓膜の奥に達しただけで、甘い痺れになっていく。

そして、海里の動きが速くなるにつれ、頭が真っ白になっていく。

「ああっ、あっ……あ、ふ……ぅう」

透里は揺らされるままに、ただ嬌声《きょうせい》を上げ続けるだけだった。

4

丘の上に建つ屋敷は、昔と変わらず優雅な佇《たたず》まいを見せていた。

石を積んだ門に黒塗りの鉄扉。そこを抜けた先は広い前庭だ。

三階建ての本館までは車用に石畳の道がつけられている。

海里の運転する車で屋敷の門をくぐり抜けた時、透里はなんとも言えぬ気持ちになった。

敷島家の屋敷は、昔ここを離れた時と寸分も違わぬように見える。

かつて、海里を置き去りにした場所だ。

ホテルで身体を繋げてから一週間が経っていた。

その間に溜まっていた家賃がきれいに精算され、授業料も納められた。母のものではなく、透里の個人口座に当面の生活費と称して多額の振り込みもされている。

透里が後悔する暇もなく、すべての態勢が整えられていったのだ。

ホテルで抱き合ったとはいえ、海里に望むような快感を与えられたとは思えない。自分ひとりが悦楽に酔わされただけだ。

海里は事が終わったあとも淡々としていた。だから、愛人にするというのは、自分を納得させる口実だっただけなのではないかと思っていた。

だが海里は、翌日には滞っていた支払いをきれいに清算し、準備が整い次第、住まいを移せと言ってきたのだ。

それがまさか、敷島の屋敷だとは、透里は驚くほかなかったが、海里は相変わらず淡々と事務的に事を進めていくだけだ。

車が玄関に横付けされ、透里は仕方なく助手席から降りた。

この屋敷に戻るのは、昔の罪を突きつけられているようで、胸が苦しかった。

車の音を聞きつけたのか、玄関のドアが中から開かれる。

「お帰りなさいませ、海里様」

そう言って海里と自分を出迎えたのは、年配の家政婦だった。グレーのセーターに同色の膝丈《ひざたけ》スカート、それに白のエプロンをつけている。白髪混じりの髪を後ろでひとつにまとめた顔には見覚えがあった。

昔から敷島家にいる家政婦だ。

「いらっしゃいませ、透里様」

よどみなく名前を呼ばれ、透里はどきりとなった。

丁寧に頭を下げられたが、声にはかすかな棘《とげ》がある。

だが、それも当たり前の反応だろう。

「よろしくお願いします」

透里はそう挨拶をするに止めた。

「昔の子供部屋では手狭でしょう。新しく部屋を用意してもらいました。俺が案内します。吉井《よしい》さんはお茶の用意を」

「かしこまりました」

頭を下げた吉井という家政婦を残し、海里が先に立って階段を上っていく。

そのあとに従いながら、透里は否応なく過去の情景を脳裏に過ぎらせていた。

重厚な木の手摺りは少しも感触が変わらない。

海里と一緒に、よくここを滑り下りていた。途中で転んで足を捻挫《ねんざ》したこともある。あの時、海里はまるで自分の責任だというように大泣きしていたのを思い出す。

「どうぞ、ここです」

海里がドアを開け、透里はほっとひとつ息をついた。

屋敷にはいくつもの部屋がある。用意されたものが、かつて母が使っていたものとも、父親だった敷島氏が使っていたものとも違っていたことで、少しだけほっとしたのだ。

部屋は居心地がよさそうに、きれいに調《ととの》えられていた。

続き部屋になっているのだろう。今立っているほうには大ぶりのデスクと書棚、そしてソファセットが置かれているが、内部にもうひとつドアがある。

カーテンやクッション類など、すべて新しく入れ換えたようで、何ヶ所かに生花も飾られていた。

すべては透里を迎え入れるため、わざわざ用意されたのだろう。

だが、その部屋の中央に立つ海里は相変わらず冷淡なオーラをまといつかせているだけだ。今日もすっきりと上質なスーツを着こなしている。どこから見てもやり手のエグゼクティブといった感じで隙もない。ＳＨＩＫＩＳＨＩＭＡコーポレーションの若きオーナー社長なのだから、それも当然のことだろう。

透里のほうは薄手のとっくりセーターにカジュアルなツイードのスーツ。上質なものを身につけているのは変わらないが、海里に比べれば明らかに見劣りがする。

どうして海里がわざわざ自分をこの屋敷に連れてきたのか、まだ聞いていなかった。

それも海里自身、かなり長い間、ここには住んでいなかったというのにだ。

「何か足りないものがあれば、吉井さんに言ってください。料理も作ってくれます。好みがあれば言っておくといいです。掃除は手が足りないので、外部の業者を入れるようですから、何か不都合があれば、それも吉井さんに伝えてください」

まるで他人事《ひとごと》のように言う海里に違和感を覚え、透里は首を傾げた。

「待ってくれないか。君は？　君も一緒に住むんだろう？」

だが、振り返った海里は、信じられない答えを返す。

「ここに住むのはあなただけです。俺はもう何年もここには住んでいない」

「えっ？」

透里は驚きで目を見開いた。

「何をそう驚いているのです？　俺はあなたと一緒に住むなどと言った覚えはありませんよ。愛人には住む部屋を用意するもの。それが普通でしょうから、ここに住んでもらおうと思っただけです」

「待ってくれ、ここは君の家だろう？」

顔色ひとつ変えず説明する海里に、透里は当惑気味に口を挟んだ。

「そうですよ。この屋敷も父から相続しました」

「だけど、何年も住んでいなかったと……」

海里の考えていることがまったくわからず、透里は眉をひそめた。

何年もの間住んでいなかった屋敷に、わざわざ自分を置くのは、いったいなんのためなのか……。もしかして、ここに住むことで、昔犯した罪を反省しろとでも言いたいのだろうか。

けれど、透里はすぐさまその考えを頭から追い払った。

海里は、自分が裏切ったことに対しては、さほど関心を見せていない。

憎まれ、恨まれているなら、まだましだが、単に昔そういうことがあったという認識しかないような感じだ。

「いちいち理由を説明しないといけませんか？」

うんざりとした調子で問われ、透里は固い声で返した。

「できれば、教えてほしい」

「それなら、いずれ処分するつもりの屋敷を無人にしておいて、荒れさせたくなかったから、とでもしておいてください。とにかく、俺は基本的に、ここには住みません。俺がここに戻るとしたら、それはあなた次第だ」

思わせぶりな言葉に、透里はかっと頬を染めた。

海里がこの屋敷に通ってくるか否かは、透里に愛人としての魅力があるかどうかにかかっている。

そう言いたいのだろう。

だが、どんなふうに考えても、この決定には納得がいかなかった。愛人の自分がこの立派な屋敷に住み、主人である海里のほうがホテルを泊まり歩くなど、逆もいいところだ。

「君が住めばいい。ぼくは……君に呼ばれたらどこへでも行く。だから、君がここに」

透里はとりとめもなく訴えた。

だが、海里はふいに表情を強ばらせる。

「愛人になるかならないか、その選択はあなたに委《ゆだ》ねました。しかし、今は違う」

「違う？」

「決めるのは俺であって、あなたじゃない。あなたには俺の決定に逆らう権利などない」

冷ややかに言い切られ、透里はどきりとなった。

海里がこんなふうに怒りを見せるのは初めてと言ってよかった。

今まで何をしてもとらえどころがないように感じていたが、今の海里は本気で怒っているように見える。

これはもしかしていい兆候なのだろうか。

「悪かった……。君の言うとおりだ。ぼくには逆らう権利などない」

ぽつりと呟くと、海里の双眸にますます冷たい光が射す。

軽蔑しきったような目の色に、胸がずきりと痛みを訴えた。

「そう……今までどおりの贅沢な生活が続けたければ、俺には逆らわないことです」

冷たく言われ、透里はぎゅっと爪が食い込む勢いで両手を握りしめた。

海里と離れたくない。

そんな衝動に駆られて、愛人になることを承諾した。

もちろん、お金のこともある。愛人にさえなれば、さほど良心の呵責《かしゃく》を覚えることもなく大金を手にできて、母をあのまま入院させておける。

それは事実として大きな要素だったが、本当は違うのだと言いたかった。

ただ、海里と離れてしまうのが嫌だったのだ。

海里に心から許しが請いたい。

透里の中では今でもその気持ちが一番強い。

だが実際には、海里に抱かれた時から、事態はますます苦しいものとなっていた。愛人という立場に収まったせいで、海里に対する気持ちが純粋なものではなくなったのだ。

海里に大人しく従うのは、お金のため。

自分の気持ちはそういうカテゴリーに入れられてしまった。

それは、海里にとことん軽蔑されるという道でもあったのだ。

「とにかく、あなたは俺の愛人になった。心配などしなくとも大丈夫ですよ。幸い、俺には充分な財力がある。ほとんどは父から譲られたものですが、この二年でかなり増やしましたからね。あなたがどんな要求をしてこようと、大概のことは叶えてあげられます」

弱冠二十四の若者に言える言葉ではなかった。

しかも海里は自慢げにではなく、ごく当たり前のことを告げているといった雰囲気だ。

財力の差だけではない。男としての器も、海里のほうが格段に上だった。

「君は充分にしてくれた。感謝している。これ以上望むことは……ないよ」

透里は無理やり笑みをつくって応えた。

真意を探ろうとでもいうのか、海里が僅かに目を細める。

本当は、ここで一緒に暮らしてほしいと言いたかった。でも、俺に従えと命じられた直後だ。今、その話をむし返せば、気まずさが増すだけだろう。

とにかく海里との関係を少しでもいいものにするには、時間をかけるしかなかった。すぐ間近に立っているのに、海里との距離は遠い。手を伸ばせば届く距離なのに、果てしなく遠く感じた。

長い間触れることが叶わなかった海里。でも今は、その身体になら触れられる。

一度に多くを望んではいけない。

「海里……」

そっと手を伸ばしてスーツの袖に触れると、海里がぴくりと身じろぐ。

「……さっそく媚《こ》びを売ろうというのですか。さすがですね」

「違う。そうじゃない。ただ、ぼくは……」

冷たい海里に言い返そうとした透里だが、そこで言葉を切った。

言い訳は通じない。

先ほどそう思い知らされたばかりだ。

海里がそんなふうに感じるなら、それでもいい。根底に、海里から援助を受けているという動かしがたい事実がある限り、いくら否定しても無駄だった。

だが、このまま海里を帰してしまうのは嫌だ。それに、どうせ愛人などという立場になったのだ。媚びを売って主人を繋ぎ止めるのは、似合いのやり方だろう。

透里は開き直った気分で、海里にそっと身を寄せた。逞しい肩に自分の頭を預けるようにして接触を図る。

触れたとたん、海里がかすかに緊張するのがわかった。

こんな些細なことで、海里が反応した。

だったら、この恥知らずな真似も無駄ではない。

「君がそう望むなら、ここに住むことにする……。でも……、こんな広い屋敷でひとりきりというのは寂しすぎる……だから、……なるべく間を空けずに帰ってきてほしい」

透里は恥ずかしさを堪え、吐息をつくように口にした。

すると海里が、鋭く息を吸う。

今まで何をしようと動じた素振りなど見せたことはない。なのに、海里は明らかにたじろいでいる感じだ。

透里は胸を大きく波打たせながら、海里の端整な顔を見上げた。

彫りが深く、硬質で男らしい美しさだ。やはり血筋だろうか。敷島氏にそっくりの骨格だと思う。

透里が覚えている敷島氏は、物腰もやわらかで本当に優しい人だった。今の海里はぴんと張り詰めて、微塵《みじん》も付け入る隙がないが、もっと時が経てば、さらにそっくりになるのかもしれない。

いつか、硬い殻を壊すことができたなら、海里も敷島氏とそっくりの、極上の笑顔を見せてくれるだろうか。

そんな夢のようなことを考えてしまう。

何事に対しても冷徹で、笑みひとつ見せない。そんな海里ではなく、心の底から笑っている顔が見たい。

そのためには何を引き替えにしてもよかった。自分のプライドを捨てることなど、なんでもない。

しかし、透里の思いとは裏腹に、海里は瞬時にして冷たさを倍増させる。

海里の袖をつかんでいた手を、ぐいっと外された。

「誘いをかけてくれたのはいいですが、今日はあなたを抱いている時間がない。俺はこれで会社に戻ります」

答える声にはなんの情熱も感じられない。

徒労に終わった試みに、透里はため息をついた。

少しでも真の海里に近づきたい。

それは、ものの見事に失敗だったらしい。

†

海里の愛人として、敷島家の屋敷に住み始めてからも、透里の日常にはさして大きな変化はなかった。

大学の研究室でデータの解析をしつつ、今までの研究成果のまとめにかかる。そして夕方近くに母の見舞いに病院へ行き、午後六時には敷島の屋敷に帰宅するという毎日だ。

家政婦が作ってくれる夕食を取ったあとは、夜遅くまで論文の下書き。

環境は大きく変わったが、それも慣れてしまえばさほど気にならなくなった。

判で押したような行動は、今までも続けていたことだ。

海里は三日に一度というサイクルで、屋敷に顔を出す。

ふたりで家政婦が作った料理を食べ、セックスをして眠るというくり返しだ。

だが、生活のリズムに順応するのは早かったが、どうしても慣れることができないものもあった。

それは海里との身体の関係だった。

「今夜は何をして楽しませてくれるんですか?」

風呂に入り、バスローブを着た海里が意地の悪いことを言う。

「別に……」

先に入浴を終えベッドの端に腰を下ろしていた透里は、頬を染めながら海里から目をそらした。

逞しい海里が静かに近づいてきただけで、全身がぴりぴりと緊張する。

体温が感じられるほど近づかれただけで、条件反射のように動悸がした。

「今日はネットから得た情報はなしですか？」

さらりと問われ、さらにかっと赤くなる。

海里に、愛人から積極的に動くのが当たり前。そう教えられて以来、透里は密《ひそ》かに男同士のセックスについて学習を重ねていたのだ。

だが、サイトから得られる情報のほとんどは役に立たない。海里も自分ももともとゲイだというわけじゃない。快楽のみを追い求める激しいプレイはやってみても無駄だろうし、試す勇気もなかった。

「き、君は、ど、道具とか……使ってみたいのか？」

頬を染めつつ、責めるように問うと、海里がにやりと意地の悪い笑みを見せる。

「俺はどっちでもいいですよ？　あなたがやりたければつき合います」

透里は激しく首を左右に振った。

海里の答えはいつもこんな感じだ。

最初の夜こそ途中から交代したが、いつも透里が積極的に行為を進めることを求めている。

愛人として、ご主人様を繋ぎ留める努力をしろ。

そう言われているに等しい態度だった。

海里とは愛人契約を結んだ。だから、それなりのことをすべきだと透里自身も思っている。

だからこそ、なるべくなら海里の意向に沿いたいと、慣れない勉強もした。

とにかく、務めは果たすべきだ。色々と思い悩んでいても仕方がない。

透里はベッドから立ち上がり、羞恥を堪えてそっと海里に抱きついた。

顔を上げて両目を閉じ、口を半開きにしてキスを誘う。

いきなり自分から口づけるだけでは情緒が足りない。そういう知識をネットから得ていたからだ。

少しは効果があったようで、珍しく海里のほうから口づけられる。

しっとりと唇が触れ合っただけで、いちだんと心臓が高鳴った。

そっと舌を絡ませ濃厚なキスをすると、身体が燃えるように熱くなる。

これは単なる契約で、欲望を処理するだけの関係。

決して恋愛じゃない。

わかっているのに、海里と触れ合っていることが嬉しくて、何故か身体も異常に興奮する。

「んっ」

唇を貪《むさぼ》るたびに、甘ったるい鼻声が漏れる。

それを恥ずかしく思う余裕さえない。

もっと海里に近づきたい。もっと海里を感じたいと、切迫した衝動に駆られるだけだ。

自分という人間は元から淫乱だったのではないだろうか。

しまいにはそんな心配をしてしまうほど、海里と触れ合っていることが悦《よろこ》びをもたらした。

そうして、心を伴わないもっと深い結びつきへと移っていくのが常だ。

海里とのセックスは、自分の中に潜んでいた獣を呼び起こしてしまう。

まともな感覚ではとてもついていけないほど、激しく荒れ狂う獣。

自分の中に住むもうひとりの自分と向き合うことには、いつまで経っても慣れなかった。

「んっ、……ふ、くっ、んぅ」

唾液《だえき》がこぼれるほど激しく貪り合って、ようやく口づけをほどく。

潤んだ目を開けると、信じられないほど近くで、海里が食い入るように自分を見つめていた。

きれいな双眸には、今確かに欲望の光がある。

それを感じた瞬間、透里の胸にはなんとも言えぬ疼きが生まれていた。

「……海里……ベッド、へ……」

自分から腕を絡ませて、海里をベッドに誘う。

それがどれほど恥ずかしい行為かわかっている。でも、義務からだけではなく、心からそうしたいと願っている自分もいるのだ。

愛人となっても生活に変化がないなどというのは嘘だ。

日中はただルーチンをくり返すだけだが、夜は違う。

特に海里が屋敷を訪れる夜は特別だった。

「誘い方が堂に入ってきましたね」

からかうように言われ、またかっと赤くなる。

「言わないでくれ」

透里はそっぽを向いたままで訴えた。

「どうして？」

「恥ずかしい」

素直に心情を吐露すると、くすりと笑われる。

透里は羞恥を払うように腕を絡ませて、海里の身体をベッドへと押し倒した。

逞しい身体が簡単に仰向けになるのは、もちろん海里自身の協力があってのことだ。だが、この先はひとりで進めていくという試練が待っている。

「海里……」

透里は小さく名前を呼びながら、海里が横たわるベッドへと乗り上げた。

大胆な真似をしているが、緊張が解けたわけじゃない。むしろ慣れないことをやるプレッシャーで指先が震えるほどだ。

バスローブのベルトをほどくと、簡単に海里の逞しい胸が露出する。

透里は、海里の上に馬乗りになりながら、引き締まった肌に掌を滑らせた。

「……っ」

愛撫された海里ではなく、透里のほうが息をのんでしまう。

肌は吸いつくようになめらかで、しなやかな弾力がある。

乳首を弄ろうとしてとめられたことがあるので、透里は胸から平らな腹へと手を滑らせていった。

ベルトを取り除けば、もう障害は何もない。

バスローブをはぐるまでもなく、そこが力強く変化しているのがわかり、透里はこくりと喉を上下させた。

初めてではないのに震えが止まらない。だが、この震えは心臓の鼓動からきているのかもしれない。

「何をためらっているんです？　初めてでもないでしょうに」

もたもたしていると、海里の皮肉っぽい声が聞こえてくる。

「た、ためらってるわけじゃない」

透里は強気で言って、バスローブを左右にずらした。

露出した場所ではすでに限界近くまで張りつめたものが獰猛《どうもう》に勃ち上がっていた。自分のそれとは比べようもないほど長大で逞しいものから、目が離せなくなる。

透里は魅《み》せられたように、手を伸ばした。

両手でそっと包み込むと、鋭い息とともに、海里の腹が波打つ。

若さゆえか、海里はほんの少し刺激を受けただけで、見事な反応を示す。

そう、決して自分が相手だからではない。

これは、男としての当然の反応だ。

透里はちらりとそんなことを思いながら、そろそろと頭を下げた。

同じ男でも、海里を手だけで達かせるのは無理だ。今までの体験で学習した透里は、最初から口を使うつもりだった。

大きく口を開けても、海里を全部を頬張るのは難しい。だから、最初は先端だけを咥え、舌で刺激を与える。

「……んっ、……っ、ぅ、く、ふ……んっ」

海里は愛撫を加えるたびに、びくんとさらに逞しく育っていく。

自分が海里をこんなにした。

そんな倒錯した思いに刺激され、透里はいつの間にか夢中になっていた。

両手で擦りながら、ぴちゃりといやらしい音がするほど舐め回す。

夢中で奉仕を続けているうちに、海里が体勢を変える。上体を起こして足を広げた海里は、透里の頭に手を伸ばしてきた。

髪を梳《す》き上げるようにしながら両手で頭を押さえられる。首筋に海里の指が触れただけで、ぞくりと身体が震えた。

「ずいぶん上達しましたね。気持ちいいですよ」

「んっ、んっ……んぅぅ」

褒められたのか、それとも軽蔑を深められたのかはわからない。

それでも透里は懸命に奉仕を続けた。

愛人になることは承諾した。だから、この行為も精一杯やっている。でも、これが禁忌の行為であるとの思いまでは拭えなかった。

自分が追い込まれたのではない。海里をこんなところまで追い込んだのは自分だ。

自分さえ素直に融資を受け取っていれば、海里はここまでのことをせずに済んだ。

清廉な青年をここまで貶《おとし》めた原因は、すべて自分にあった。

そのうち、海里が解放を求めて自分からも腰を突き上げてくる。

「こうやって、あなたの口に突き入れているだけで、新たな欲望が噴き上げてくる。やっぱり、天性の素質があるみたいですね……兄さん」

透里は必死に首を振った。

こんな時だけ、兄さんと呼ぶのはやめてほしい。

「ううっ、うぅ、くっ……んっ」

だが、頭を押さえられ、そのうえ口に凶器を突き入れられていては、ろくに動くこともできなかった。

苦しくて涙が滲む。胸の奥まで抉られたように痛かった。

海里は素早く腰を動かして、ぶるりと身体を震わせる。

「……んむ……ふ、くっ……ん、むぅ……っ」

喉の奥に、どくりと熱い欲望を叩きつけられた。

いつもは寸前で止めていたのに、今日の海里は容赦ない。

喉の奥が焼け付いて、さらに涙がこぼれたが、無理やりすべてをのみ込まされた。

「……ふう……」

欲望を放った海里が気持ちよさそうに息をつく。

凶器を引き抜いた海里は、唇の端からだらしなく白濁をこぼす透里の顎《あご》をつかんだ。

四つん這いで上向かされて、自分がとことん情けなくなる。

ひどい格好だった。

「だんだん、それらしくなってくる。そそりますよ、その顔……」

じっと食い入るように見つめられているのに、言葉はあくまで冷たい。

海里はどうして、こんな行為を続けているのか、理解できなかった。

「……海、里……」

喘ぐように名前を呼ぶと、ほんの少しだけ瞳に優しさが増す。

けれど、海里の気持ちがどこにあるのか、やっぱりわからずじまいだった。

「本当にすごい……さすがですよ、兄さん。男のものを咥えただけで、そうやって恥ずかしげもなく興奮して……俺に見せつける……しかも、その潤んだ目で訴えてくるとはね」

海里が見ていたのは自分の下肢だった。

奉仕している間にバスローブの裾が乱れ、中心が丸見えになっている。しかも、触られてもいないのに、そこはこれ以上ないほど張りつめていた。

かっと湧いた羞恥で、透里は再び首を振った。

「ち、違う……これは……っ」

「何が、違うんですか？　俺のを咥えているうちに、あなたも欲しくなったのでしょう？　別に隠すことはない」

「違うんだ、海里……ぼくは」

透里はたまらずに訴えた。

「そうやって逆らってみせるのも、手、なんですか？」

海里は透里の顎から手を離すでもなく、問いかけてくる。

今、達したばかりだというのに声も態度も冷静で、自分だけが淫《みだ》らな姿をさらしている。

恥ずかしくて恥ずかしくていたたまれなかった。

慌ててバスローブの裾をつかんで隠そうとしたが、海里に邪魔される。

「こんな中途半端なままで終わる気ですか？　この前のように、自分の指で広げてみせたらどうです？」

「……っ」

透里は唇を噛みしめながら、顔をそむけた。

手首をつかまれているので、逃げ出すことは叶わない。それに、こんなことぐらいで自分の使命を投げ出すわけにもいかなかった。

もっと淫らになって、海里をもっとその気にさせる。それこそが自分の役割だ。

せめて涙はこぼすまいと、透里は深く息を吸った。

「……やる……やるから、手を離してくれ」

目を合わせないまま、蚊が鳴くような声を出すと、ようやく海里の手から力が抜ける。

透里は決意が鈍らないうちにと、そっと自分の下肢に手を伸ばした。

海里が見ているのはわかっているが、幸いバスローブがある。中で処理を行えば、少しは恥ずかしさから逃れられる。

透里は張りつめたものの先端に触れた。蜜液を指ですくい取り、そのまま後ろへと回す。

固く閉じた窄まりを濡れた指で探り、そのままぐっと力をこめて中まで突き挿した。

「……んっ」

たとえ自分の指であっても、異物に犯される苦しさはなくならない。必死に呼吸をくり返しながら、奥まで指を忍ばせる。

硬い壁をほぐしつつ、狭い入り口を広げていく。

繋がるための準備だと思うと、恥ずかしさが最高潮に達するが、途中で止めるわけにはいかなかった。

海里に準備をしてほしいなどと、甘ったれたことを言うつもりもない。

だが、奥を掻《か》き回していた時、ふいに海里が手を伸ばしてきた。

「隠すことはないでしょう」

海里はおかしげに言って、バスローブの裾をめくる。

海里に背を向けて、座り込むような格好だった。バスローブがなくなれば、自分の指を後ろに埋めている姿が丸見えになってしまう。

「いや、だっ……や、やめて、くれっ。み、見ないで」

「どうしてです？　そのいやらしい姿、俺に見せつけたほうが効果的ですよ？」

「か、海里……た、頼むから……っ」

「だめです。ちゃんと見せるんだ」

海里は冷たく言い放ち、あろうことか両手で腰をかかえてきた。

中途半端に座り込むような格好だったのに、腰を高く持ち上げられてしまう。

四つん這いで海里に尻を高く差し出す格好だ。

「さあ、続けて」

体勢を整えた海里は、楽しげに言って身体を退《ひ》く。

淫らな行為に耽《ふけ》る透里を、とことん見物しようというのだろう。

惨めさでまた涙が滲んだ。

しかし、こういう道を選んだのは自分だ。

海里の望むとおりにすると決めたのは、自分なのだ。

「……くっ……ぅ」

透里は涙を溢《あふ》れさせながら、再び指を使い始めた。

内壁を刺激すれば、嫌でも感じる。指で掻き回していると、どうしても前立腺の裏あたりに触れてしまうからだ。

おそらく自分の身体だけではないだろう。男の身体自体が何故か、そういうふうに造られている。

だが、それで惨めさがなくなるかと言えば、そうじゃない。

自分で後孔を掻き回しながら、前を勃たせたままだとは、どうしても認めたくない状態だった。

「つらそうですね。達きたいんですか?」

背後から海里の声がして、そっと腰を撫でられる。

どうしようもなく、透里はこくりと頷いた。

その拍子にまた涙がひと筋こぼれてしまう。

「泣いていたんですか……」

後ろから抱きしめられて、透里は胸を震わせた。

海里の手で顔を後ろ向きにされ、そっと口づけられる。

だが、海里の唇はすぐに離れ、両手が再び腰へと達していた。

「兄さんの泣き顔は本当に可愛いですね。素敵なものを見せてもらった。だから、今日は、自分で入れるのは許してあげます」

声と同時に、海里の手に力が入り、腰をぐっと持ち上げられる。

「あ……っ」

先ほどまで自分の指で掻き回していた後孔に、熱く滾《たぎ》ったものが押しつけられた。

ぬるりと濡れた感触で、敏感になっていた窄まりがひくりと反応する。

まるで逞しい海里を歓迎するように、入り口が開閉したのがわかった。

「さあ、あとは腰を落とすだけだ。もう充分に蕩《とろ》けているみたいだ。すぐに入るでしょう」

海里は優しげに言いながら、腰を支えていた手から力を抜く。

「あ、……あぁぁ……く、ううぅぅ」

巨大な杭が突き挿さる。

自らの重みで、最奥まで逞しい灼熱に貫かれた。

「これで全部、兄さんの中だ」

「……言う、なっ……に、兄さん、て、言わ、ないでくれ……っ」

透里は苦しさを堪えながら、必死に訴えた。

けれど海里のほうはこんな時だけ、優しい声を出す。

「どうして？　俺が兄さんと呼ぶたびに、気持ちよさそうにしているくせに」

「ち、違うっ、そんな、ことない……っ」

透里は情けなさでいっぱいになりながらも、懸命に否定した。

海里はくすりと笑い、そのあと背中からそっと抱きしめてくる。

せつなさで胸が震えた。

「兄さんの泣き顔は本当に可愛い……。さあ、もっと俺に見せてください。頑張ってくれたご褒美に、今日は俺がしてあげる。でも、早く達きたいなら、前は自分で弄ってください」

「ああっ」

言葉も終わらないうちに、海里が下から腰を突き上げてくる。

抱きしめられたままなので倒れはしなかったが、激しい動きだった。

中の海里が敏感な場所を抉るたびに、強烈な快感に襲われる。

「あっ、ああっ、あ、あぁ」

羞恥など感じている暇もなく、一気に追い込まれていた。

「そうだ。今日はここを可愛がってあげてませんね」

「やっ、ああっ！」

最初から尖《とが》らせていた乳首をきゅっとつままれて、透里は鋭い声を放った。

じん、と痺れるような刺激が身体の芯まで達する。

それを見計らったように逞しいもので最奥を掻き回される。

「ああっ、あっ」

「そう、感じている兄さんは、本当にきれいだ。普段は怜悧《れいり》で近づきがたいのに、淫らに喘いでいる……最高の愛人だ」

海里が激しく動きながら、耳元で囁く。

熱い息がかかっただけで、ぞくりと身体が震えた。

「い、やだ……、ああっ」

後孔を掻き回されて、乳首も刺激され、いやでも解放の時がやってくる。

あと少し、前を刺激するだけで、目の眩《くら》むような悦楽が得られる。

「さあ、達きたいなら、自分で触って」

「いや、だ……」

「それなら、後ろだけで達くんですか？」

からかうように訊かれ、透里は子供のように首を振った。

透里の手が自分のそれに重なり、張りつめて揺れているものを握らされる。

「あ、……あぁ」

ほんの僅か指の先端が触れただけで、透里は中の海里を思い切り締めつけていた。

頭が真っ白になるほどの快感で、そのまま一気に達してしまう。

背中を弓なりに反らし、思うさま欲望を吐き出した。

「兄さん……」

背中をしっかり支えているのは、かつて〝弟〟だった海里。

身体の一番奥で、どくどくと力強く脈打っているのも海里だった。

5

「課題研究のほうは進んでいるかね」

のんびりとした調子で訊《たず》ねてきたのは、今日も眼鏡《めがね》の奥の目を眠そうにしょぼつかせた坂《さか》本《もと》教授だった。

だが坂本は、ロンドンの大学との共同研究を進めているせいか、六十四という歳になってもかなりのおしゃれで、服装はいつもぱりっとしている。髪も見事な銀髪で、若い女子学生にも人気の教授だった。

坂本が新しい星雲を発見し、学会だけではなく世間の脚光を浴びたのは、透里《とおり》が生まれる前、三十年も昔の話だ。

だが、技術の革新とともに、天文学の研究は急速に進化している。地上に設置した巨大望遠鏡、それに衛星に搭載した望遠鏡からも、毎日膨大なデータが送られてくるようになったのだ。

天文学に携わる者たちが目指すのは、ひと口に言えば「宇宙の構造」だ。

地球や太陽を含め、今の宇宙がどういう仕組みで構成されているかを明かすため、日夜研究を続けている。

宇宙はどのように生まれ、これからどのようになっていくか。

望遠鏡での観察を主眼に置く者も、「ひも理論」などに代表される理論派の者たちも、目指す到達点は同じだ。

透里はテーブルの上で使っていたPCを閉じ、奥のデスクに向かう。そして礼儀正しく坂本のそばに立ち、状況を説明した。

「チリのほうは機械に不具合が生じて、三日ほどデータが取れなかったとのことです。ハワイのほうは順調に観測が進んでいるようで、今、データの解析を行っております。論文にまとめるには、まだデータが不充分だと思われますので、引き続き、観測の結果を待っているといった状態です」

課題研究というのは、大学院の博士課程で与えられるものだ。透里の担当教授は坂本で、その指導を受けつつ、一緒に研究を進めていくという体裁を取っていた。

「ま、焦りは禁物だ。ゆっくり取りかかればいい。我々が観測している宇宙は、消えたりしない。空を見上げた先に、変わらず存在する。少なくとも、私や君が死んでも、たいした変化はない」

「はい」

いつもの口癖を言う坂本に、透里はやんわりと応じた。

坂本の研究室は、パーテーションで区切ったふたつの部屋で成り立っている。今いるのは、坂本が講義やミーティングに使うもので、奥に坂本専用のデスク、中央にはやや大きめのテーブルが置かれていた。壁の書棚にはぎっしりと資料が収められている。

データ解析に使うPCを置いているのは、パーテーションの向こう側で、研究員の保科結衣《ほしなゆい》の管轄となっていた。

課題研究をやるようになってから、透里が毎日通ってくるのもこの部屋だ。

「ところで、来週の話なんだが、君、暇かね？」

デスクの上で分厚い資料に目をとおしていた坂本が、突然思い出したように言う。

「暇とは、どういった用件でしょうか」

テーブルに戻りかけていた透里は、僅《わず》かに首を傾《かし》げながら坂本を窺《うかが》った。

「ちょっとハワイまで行ってきてくれないかと思って」

何気なく言われ、透里は目を見開いた。

「ハワイ、ですか？」

ハワイのマウイ島天文台には大学の望遠鏡が設置されており、透里もそこからの観測データで研究を進めている。

同じハワイ諸島には世界最大級の望遠鏡を設置した天文台もある。双方ともデータは自動で送られてくるシステムが組まれているため、研究者がわざわざ現地を訪れる必要はなかった。

ただ、天文台の置かれた山頂は別として、地上は常夏の楽園だ。その魅力につられたように、研究者たちはよくこのハワイで会議を開いていた。

「来週、あっちで学会があるんだが、今、太郎《たろう》の具合があまりよくないんだよ」

困ったように言う坂本に、透里は思わず微笑《ほほえ》んだ。

太郎というのは坂本が可愛がっている老犬だ。ちなみに坂本はすでに妻を亡くしており、子供はいないと聞いている。

普通ならば、誰か信頼できる者に愛犬の世話を任せるところだろう。事実、今まで学会で出かける時はそうしていたはずだ。坂本は、一度引き受けたことを覆すような真似《まね》もしない。となれば、老いた愛犬のことがよほど気にかかっているのだろう。

「マウイでの学会のことは以前お聞きしましたが、各国からそうそうたるメンバーが集まられるのですよね？　私などが代わりに行っても、役には立たないと思いますが……」

「いや、代わりに行ってもらうのは君がいい。君でなければ、会議に出席する意味もないんだ」

坂本は熱心にたたみかけてくる。

教授がライフワークとしている研究は、透里もかなりの部分まで把握していた。しかし、ほかの研究者たちは、皆、坂本と議論できることを楽しみにしているだろう。透里では、その代打まではできない。

「先生、やはりぼくでは……」

「なんとか頼めんかね。このとおりだ」

坂本は両手を合わせ、拝むような真似までする。

「先生……わかりました」

根負けした透里は、ため息混じりにハワイ行きを引き受けた。

坂本には母が入院していることは知らせていない。結衣にも伏せておいてくれるように頼んである。老齢の教授にまで心配をかけたくないという配慮だった。

その母は、手術前の治療を続けている。抗癌剤の投与は連続しては行えない。次の予定は三日後なので、来週は様子見の週になるはずだ。

つまり、透里が海外に出かけたとしても、母のことはそう心配する必要がないということだ。

それより、気になるのは海里《かいり》のことだった。

どんなに急いだとしても、ざっと一週間は戻れない。

そんな長期間、勝手にしていいものなのか、とにかく訊ねてみるしかないだろう。

教授との話を終えた透里は、結衣のところへ顔を出した。

「あら、敷島《しきしま》君。今日も素敵な格好ね」

結衣は相変わらずで、さっそく透里の全身を眺め始める。

腕組をして首まで傾げられ、さすがに居心地の悪い思いをさせられる。

「そのセーター、どこのブランド？」

「ただのセーターですよ」

透里は軽く結衣の質問をかわした。

オフホワイトのざっくりしたセーターに焦げ茶のパンツを合わせているだけだ。結衣の目《め》利《き》きどおり、確かに数万円の値段がついていたものだが、それを教える気にはなれなかった。すべて海里からの施しだったと知った今、服を着るにもなんとなく遠慮がある。

「ま、敷島君なら、ただセーターを着ててもさまになるもんね」

結衣はそれ以上追及してこなかったので、ほっとする。

「保科さん、来週教授がハワイへ行かれる件、詳しい日程表とかありますか？」

「ハワイの日程表？　あるわよ。なんだ、教授、やっぱり敷島君に泣きついたのね？」

「知ってたんですか」

透里が訊《き》くと、結衣はにっと頰《ほお》をゆるめる。

「まあね、最近の私って、完全に秘書化しちゃってるし。教授、あなたに頼むのは悪いだろうかって、私に何回も訊いてたのよ。あんまりしつこいから、直接話してみたらどうですかって言っておいた。断るなら、断っていいと思う。お母さんのこともあるでしょ？　坂本ワンコVS敷島ママ」

さばさばとした調子で言われ、透里はほっと息をついた。

母より海里のことを気にしていると知ったら、結衣はどういう反応を示すだろう。

「スケジュール表のPDF、送っとく？」

「ええ、お願いします」

そう答えて、結衣のデスクから離れようとした時だ。

「ちょっと待って。今日の歓迎会のことだけど、忘れてないでしょうね？」

たたみかけられた透里は、はっとなった。

「天体位置学の准教授？　そうか、今日だったのか」

「当たり。やっぱり忘れてたわね。敷島君、つき合い悪いから、飲み会はいつもパスだもんね。合コンやりたがってる子たち、いっぱいいるんだけど。でも、今日のはだめよ？　博士課程は出席義務ありだからね」

眉《まゆ》をひそめた透里を見て、結衣は勝ち誇ったように言う。

すっかり忘れていた歓迎会だが、結衣の言うとおり顔を出さないわけにはいかないだろう。

「わかりました。顔、出します」

透里はため息混じりに答えた。

今日は早めにここから引き揚げて、病院の帰りに一度マンションへ行ってこようと思っていた。

身の回りのものは海里に運んでもらったのだが、秋も終わりに近づき、コート類が必要だった。ずっと留守にしているので、部屋の様子を見つつ、持ってくるつもりだったのだ。飲み会の場所は大学の近く。時間的なことを考えて、透里は直接マンションに向かうことにした。

セーターのままで新任の准教授と顔を合わせるのはさすがに気が引ける。衣類を持ち帰るのは無理にしても、少しはましな格好に着替えようと思ったのだ。

理学部棟を出て駅まで歩く途中で、ふと海里のことを思い出す。

こういう場合も連絡を入れたほうがいいのだろうか。

しかし海里の携帯番号は知らないし、わざわざ会社に電話するというのも気が引ける。それに昨夜《ゆうべ》訪ねてきたばかりなのだから、今夜はきっとホテル泊まりだろう。

勝手にそう推測して、透里は屋敷の吉井《よしい》に、帰りが遅くなるとだけ伝えた。

†

新任准教授の歓迎会は大学近くのレストランを借り切って行われた。

いったんマンションに戻った透里は、千鳥格子のスーツに焦げ茶のネクタイ、それにトレンチコートという格好でその会場に向かった。

理学部でも天文学科の学生は少ない。ただ卒業後、多くの者が大学院へと進んでいる。それなりの人数の集まりだったが、出席者は互いに熟知している者ばかりだ。

結衣に指摘されたように、この手のパーティーは得意ではない。普段、極力避けていたことが禍《わざわい》して、透里はあちこちで知り合いにつかまっている状態だった。

「敷島君、今日は絶対に逃がさないわよ。二次会と言わず、とことん最後までつき合ってもらうから」

アルコールの入った結衣にきっぱりと宣言され、透里はため息をつきそうだった。

「保科さん、ぼくはこれで……」

「だーめ。敷島君、確か君には貸しがあったわよね？」

やんわりとにらまれて、透里は黙り込んだ。

母が入院して以来、結衣には何かと世話になっている。それを盾に取られては、反論することもできなかった。

「敷島、結衣さんの言うとおりだぞ。普段つき合い悪いんだから、たまには参加しろよ」

「そうだ。俺たちの学科で保科女史に逆らうなんて、許されないことだぞ」

「わかりました。それではぼくも参加させてもらいます」

ほかの大学院生からも脅すように誘われて、透里は仕方なく二次会への同行を承諾した。

敷島の屋敷へ帰るのが遅くなるが、誰かが待っているというわけでもない。家政婦の吉井はもともと通いで、海里が屋敷に来ない時は、夕方には引き揚げてしまうのだ。

教授たちが抜けたあとだけに、二次会はぐっとくだけた場所になる。酒好きの連中がたまり場にしている居酒屋だ。

「ところでさ、敷島君。君、ほんとに恋人いないの？　最近、なんかアヤシイ感じがするんだけど？」

結衣がどきりとなるようなことを訊いてきたのは、居酒屋でもかなり酒を飲んだ頃だった。ワイン色のニットドレスを着た結衣は、すでにとろんとした目つきになっている。

恋人と言われ、思わず海里の顔が脳裏を過《よ》ぎった。

「別に……そういう人はいません」

「やっぱりアヤシイな。なんか、今否定するまで妙な間があったわね」

「な、なんですか……」

横からじっと覗《のぞ》き込まれ、ますます動揺が隠せなくなる。

透里はかなり焦って、ぬるくなり始めていた生ビールのジョッキを呷《あお》った。

すると結衣はますます興味を持ったように目を細める。

「敷島君、学部の頃からずっと氷の女王って言われてたんだよね？　私が誘った時もあっさり断ってくれちゃってさ。なのに、今の雰囲気、なんかやわらかくなってるんだよね」

「そ、そうですか？　別に変わったところはないはずですけど」

「私が知らない間にこっそり恋人作っちゃった？　なんか悔しいな」

結衣はすっかり透里に恋人がいるものと勘違いしている。

海里に抱かれるようになっても、大学院では普通にしているつもりだった。なのに、どこかおかしな態度でも取っていただろうか。

だいいち、海里は恋人でもなんでもない。

愛人として契約を交わしたから、身体《からだ》を繋《つな》げているだけで……。

しかし、そんなことを思うと、今度は頬まで熱くなる始末だ。

「……保科さん、酔ってるんですよね」

透里は辛うじて、そう口にした。

「うーん、まあね。タイムリミットが近づいてきてるのに、まだいい人が見つかんないし、なんだかなぁって感じよ」

結衣はため息混じりに言って、またレモンハイのジョッキを持ち上げる。

「……確か三十までに結婚したいんでしたよね？　どうしてなんですか？　今は別に年齢とか気にする人いないと思いますが」

透里は話題を変えるつもりもあって、何気なく訊ねた。

結衣は豪快にレモンハイを飲み、そのあとくすくすと笑い始める。

「私ね、子供が欲しいの」

「子供、ですか」

意外な言葉に透里は少なからず驚いた。

結婚願望が強いとはいえ、結衣が子供を欲しがっているとは思わなかった。

「似合わない？」

「い、いえ、そんなことは……」

真顔で問われ、透里は慌てて首を振った。

「うちね、私がまだ小さい頃に両親が離婚したの。どっちも仕事が大変で、私はお祖母《ばあ》ちゃんに育てられたってわけ。だから賑《にぎ》やかな家庭ってのに憧《あこが》れてるのよ。早く結婚したいのは、子供を産みたいから。だって三十過ぎるとリスクが高くなるのよ。だからね」

結衣はさばさばとした調子で言う。

両親が離婚した。それは珍しくないことなのかもしれない。

だが、自分とは違って、結衣の言動にはどこにも暗さがない。絵に描いたような家族に縁がなかったのは自分と同じだが、こうも違う生き方があるのかと、圧倒されるような気分だった。

「お見合いは嫌なんですか？」

「ま、最終的にはそれもありかもしれないけど、とりあえず男の品定めぐらい、自分の目でやりたいじゃないの」

自慢げに肩を怒らせた結衣に、透里は思わず微笑んだ。

自分とは違って、まっとうな道を進もうとしている結衣を眩《まぶ》しく感じたのだ。


長く続いた二次会が解散になったのは、十二時を回る頃だった。

大学の近くで独り暮らしをしている者が多く、居酒屋の前からそれぞれ適当な方角へと歩き出す。そのうちの何人かは終電に間に合うように、最寄りの駅を目指していった。

調子よくレモンハイを呷っていた結衣は足下がだいぶあやしくなっている。

「保科さん、タクシーですよね？　大通りまで行ってつかまえましょう」

透里はそう言って、ふらついている結衣の腕を取った。

「あーら、敷島君、優しいのね」

「ほら、保科さん、しっかりしてください。ちゃんと歩いて」

「やーん、まだ帰りたくなーい。敷島君、どっか連れてって」

酔っ払っている結衣はまともに歩こうとせずに絡《から》んでくる。

「もうお酒はだめですよ。飲み過ぎです」

「けちぃ……それなら、敷島君の家に行くぅ……私、やっぱり敷島君がいい。敷島君と結婚したーい」

そう言って抱きついてきた結衣を、透里は必死に支えた。

泥酔した者の動きは推測しづらく、つかまえておくのは大変だ。

「保科、さん」

「ねっ、いいでしょ？　これから敷島君の家でえっちして相性試そうよぉ」

結衣はますます調子に乗って縋《すが》りついてきた。

「わっ」

どんと勢いをつけられたので、思わず後ろに倒れそうになってしまう。

その時、抱きついている結衣ごと、透里の背中を支えた者がいた。

「大丈夫ですか、兄さん？」

「えっ？」

あまりにも思いがけない声を聞いて、透里はぎくりとなった。

この場にいるはずのない海里の声だ。

ぎこちなく首だけ曲げて後ろを向くと、黒のトレンチコートを着た海里が、冷ややかなオーラをまといつかせて立っている。

「近くに用があったので迎えに来たのですが、邪魔《じゃま》、でしたか、兄さん？」

透里は信じられない思いで目を瞠《みは》った。

「……海里……」

呆然《ぼうぜん》と呟《つぶや》くと、整った顔にはうっすらと笑みが浮かぶ。

だが、透里にとってその微笑は恐ろしいほど冷たく感じられるものだった。

だいいち、どうして海里がこの場に現れたのか、理解できない。

「嘘《うそ》……弟、さん？」

ふと気づくと、結衣がぽかんと海里を見上げている。

よほど驚いたのか、酔いまですっかり冷めてしまった様子だ。

「兄がお世話になっております」

海里はにっこりと極上の笑みを浮かべながら、そつのない挨拶《あいさつ》をする。

「い、いえ、こちらこそ」

言葉をかけられた結衣はいっぺんに頬を赤くしていた。

その時ちょうど一台の空車が狭い商店街まで入ってくる。目敏《めざと》くそれを見つけた海里は、さりげなく手を上げてタクシーを停めた。

「タクシー、来ましたよ」

「あ、ありがとう」

ふた言、三言交わしただけで、結衣が大人しくタクシーに乗り込む。

透里は散々もてあましていたというのに、まるで魔法のように見事な手際だった。

だが、結衣を乗せたタクシーが動き出したと同時に、海里が振り返る。

「どういうつもりですか?」

「え?」

冷え冷えとした声に、透里は思わず背筋を震わせた。

無意識に一歩後じさると、いきなりぐいっと手首をつかまれる。

「あなたは自分の立場を忘れてしまったのですか? ちょっと目を離した隙《すき》に、堂々と浮気ですか」

海里はさも嫌そうに吐き捨てる。

氷のような視線が突き刺さり、透里は本気で恐怖に駆られた。

こんなふうに怒りをあらわにする海里は初めてだ。

「か、海里、ちょっと待ってくれ。か、彼女は、だ、大学の研究員で、別にそういう関係では……」

掠《かす》れた声をかけると、海里の口元が皮肉げにゆるむ。

「大学の研究員なら、毎日顔を合わせているというわけですか」

「ほんとに、なんでもないから」

透里はそう言いながら、懸命に首を左右に振った。

それでも海里の怒りは解けず、透里をつかむ手にも痛いほどの力が入る。

「いいですよ。言い訳ならいくらでも聞いてあげます。ただし、屋敷に戻ってからですがね、兄さん」

「……海里……」

透里はただ呆然と名前を呼ぶだけだった。

†

海里の車で屋敷まで戻った透里は、すぐにベッドルームへと追いやられた。

「さっさとベッドに行って服を脱げよ、兄さん」

海里の怒りは激しく、とりつく島もない。

「海里、誤解だ。保科さんとぼくは、なんでもない。今日はたまたま准教授の歓迎会があって、彼女は酔っ払ってただけだから」

いくら説明しても、いっこうに海里の機嫌は直らず、乱暴にベッドの上に押し倒されてしまう。

「あなたは酔った勢いで、結婚まで承知するつもりだったんですか？　俺が邪魔したお陰で未遂に終わったようですが、婚前交渉に応じようとしていたではないですか」

「だから、それは誤解だ、海里。冷静に話を聞いてくれ」

「あなたは俺の愛人だ。それらしく、早く服を脱いだらどうです？　それとも俺の手で脱がせてほしいとでも言うんですか？」

海里は苛立《いらだ》たしげに問いかけながら、スーツに手をかけてきた。

上着を脱がされたあと、ボタンを飛ばすような勢いでシャツもはだけられる。

胸があらわになると、いきなり乳首をぎゅっとつままれた。

「痛っ、……ぅ」

「痛い？　そこは一番かまってほしい場所じゃないんですか？」

辛辣《しんらつ》な言葉とともに、左右交互に乳首をつねられる。

「うっ、く……っ」

あまりの痛さに、透里は呻《うめ》き声を上げた。

だが、痛みを感じたのはほんの一瞬で、そのあとすぐにそこが甘く痺《しび》れてくる。

海里はしっかりとその変化を見抜き、にやりとした笑みを見せた。

「相変わらず、弱いんですね、ここが……。これぐらいで、あんあん喘《あえ》いでいるようでは、とても女性を満足させられませんよ？」

透里は目を潤ませながら、必死に海里を見つめた。

上からのしかかっているのは、まるで知らない男のようだ。

一分の隙もなくスーツを着こなしているのに、目だけがぎらついている。

こんなふうに怒りに駆られた海里など、今まで一度も見たことがなかった。

まるで嫉妬《しっと》でもしているのではないかと、勘違いしそうだ。

だが、違う。

そんなこと、あるわけがない。

海里は単に、自分の持ち物とした人間が勝手な行動を取ったことに怒っているだけだ。

これは決して嫉妬などではない。嫉妬などで、あるはずがなかった。

そう思いつくと、何故か胸の奥が抉《えぐ》られたように痛くなる。

海里の顔を見ているのもつらくなって、透里は唇を噛《か》みしめながら視線をそらした。

「そうやって傷ついたような顔を見せるのも、手、でしたよね？　もしかして浮気しようと思ったのも、俺の気を引くためですか？」

顎《あご》をつかまれて無理やり正面を向かされる。

海里はそのまま透里を押さえつけ、食い入るような勢いで見据《みす》えてきた。

「海里……だから、違う。あれは保科さんが酔ってふざけていただけで」

「酔った振りで男を誘うのは、女性の常套《じょうとう》手段だ。あなたもすっかりその気で、彼女を抱きしめていたじゃないですか」

いくら言っても一向に埒《らち》が明かず、透里は懸命に首を振った。

「違うから！　ぼくは海里を裏切るような真似はしない。とにかく信じてくれ！」

叫んだとたん、海里の瞳にさらに冷たい光が射す。

透里はぎくりと怯《ひる》んだ。

「裏切るような真似はしない？　信じろ？　……あなたを、ですか？」

嘲《あざけ》るようにたたみかけられて、透里は敗北感にまみれた。

口にしてはいけないことを言ってしまった。

手ひどく裏切った海里に、自分の言葉を信じろと言っても、むなしいだけだ。

懸命になればなるほど、冷たく跳ね返されてしまう。

胸が抉られたように痛みを訴え、透里は唇を震わせた。

しかし、何故だか急に海里の雰囲気が一変する。

「あなたにはまだまだ愛人としての自覚が足りないようですね」

海里はやわらかな口調でそんなことを言い、整った顔にも魅力的な笑みが浮かぶ。

どこか作り物めいた微笑に、透里はますます罪の意識を感じさせられた。

「……海里……」

「いいですよ、兄さん。自覚がないなら教えてあげます。あなたのゆるいやり方も悪くはなかった。でも、そろそろいいでしょう。徹底的に教えてあげますよ。愛人とはどういうものなのか、あなたのその身体にね……」

背筋に震えがきた。

だが、胸の奥で何か疼《うず》くものもある。
どうして……？
透里は魅入《みい》られたように海里を見つめながら、ただ震えていた。
喉《のど》をこくりと上下させると、また海里が微笑を見せる。
何をされるか怖いはずなのに、どこかでこの状況を嬉《うれ》しく思っている自分もいる。
今まで海里はほとんど自分に対する関心を見せなかった。
けれど、今の海里は違う。
海里は少なくとも、自らの意思で行動を起こそうとしている。
そう自覚したとたん、身体中に甘い痺れが走った。
「あ……」
思わず吐息を漏らすと、海里が長い指でそうっと唇の輪郭をたどってくる。
「たっぷり喘がせてあげますよ、兄さん」
海里は楽しげに言いながら、ゆっくりと自分のネクタイを引き抜いた。
次には透里のスラックスに手がかかり、下着ごと乱暴に引き下ろされる。
すると、あらわになった場所で、むくりと中心が勃《た》ち上がった。
「あっ」
思いもかけない反応に、透里はかっと羞恥《しゅうち》にとらわれた。

乳首を乱暴につままれただけだ。なのに、まるで期待でもしているかのように勃たせてしまった。節操のない自分が心底恥ずかしくなる。

「ふん、すっかりその気ですね」

下肢《かし》にちらりと目をやった海里が呆《あき》れたような声を出す。

隠しようのない変化を暴かれ、透里はますます羞恥に駆られた。

「ああっ」

海里の手で勃ち上がったものを握られると、さらに興奮する。

根元から二、三度駆り立てられただけで、先端からじわりと蜜までこぼれてくる有様だ。

短い間に、すっかり抱かれることに慣れてしまった。しかも今は、海里のほうが積極的に動いているのだ。

理性では堪《こら》えようと思っても、身体が勝手に反応してしまう。

だが、次に海里が取ったのは、とんでもない行動だった。

「あなたひとりが楽しんでどうするんです？　自分の楽しみはあと。まずはご主人様を喜ばせるのが先でしょう」

皮肉たっぷりに言った海里は、張りつめたものにネクタイを巻きつけてきた。

「な、何を……」

「勝手に達《い》けないようにしただけでしょう。さあ、そこで四つん這《ば》いになれよ。獣みたいに後ろから犯してやるから」

言葉とともに、性急に身体を裏に返される。

「か、海里」

透里は不安に駆られて名前を呼んだ。

海里から動いてくれるのは嬉しいが、何をされるかわからず恐怖も感じる。

だが、海里は返事もせずに、足に絡まっていたスラックスを取り去っただけだ。

腹の下に手を入れられて、腰だけ高く持ち上げられる。

「あ……っ」

上半身はまだシャツを着たままだ。それなのに下肢だけ剝《む》き出しで海里に差し出すような恥ずかしい格好だった。

「いい格好だ。さあ、もっと腰を揺らしてみせたらどうです?」

「くっ……」

拒否する権利はない。自分は海里の命令に従うだけだ。

透里は覚悟を決めて、交差させた自分の腕に顔を埋めた。

海里は剝き出しになった双丘を掌《てのひら》で撫《な》で回している。弾力を確かめるようにぎゅっと薄い肉をつかまれて、透里はひくっと腰を震わせた。

次にはもっと衝撃的なことが待ち受けていた。

海里の両手で双丘を割り開かれたのだ。

恥ずかしい窄《すぼ》まりが露出して、そこをじっと見られているのを感じる。

「愛人としての自覚はまったくなし。だけど身体だけは本当に優秀だ。何もせずに見ているだけで、ひくひくさせて」

「いや、だっ……み、見るなっ」

透里は我慢できずに首を振った。

「どうして？　すごく欲しそうにしてるのに……何もしていないのに、前だって蜜をいっぱい溢《あふ》れさせている。これじゃ、ネクタイで縛った意味がない」

海里は本当に見ているだけだ。

なのに、言葉で煽《あお》られただけで身体の奥が疼いてくる。

聞かされたとおり、中心は根元を縛られているのにいやらしく揺れていた。それに後孔も、自分では意識していないのに、本当に息づいているように震えている。

「か、海里……お、願いだ……もう、こんなのはっ」

透里は腰をよじりながら懇願した。

視姦されただけで、どんどん自分の淫《みだ》らさが暴かれる。なのに肝心なところには触れてもらえない。とことん焦《じ》らされているようで、たまらなかった。

「お願いだから、なんですか？　どうしてほしいんです？」

あくまで冷静な海里に、透里はいっそう身を震わせた。

「や……み、見てるだけじゃなくて……ちゃ、んと、し、てほし……い」

「ほんとに堪え性がない。いいですよ、兄さん。おねだりはできたんだ。ご褒美をあげましょう」

海里は優しげに言いながら、露出した窄まりを指でするりとなぞり上げた。

「う……っ」

いきなり与えられた愛撫《あいぶ》に、透里は息をのむ。

だが、次の瞬間には、そこに何か温かで湿った感触が近づく。

「や、あ、……ぅぅっ」

ぴちゃりと舌を押しつけられて、透里はくぐもった悲鳴を漏らした。

海里が窄まりを舐《な》めている。最初は硬い入り口を宥《なだ》めるように舌を這わされた。

「んっ、く……っ」

自分の腕に歯を立てて必死に声を噛み殺す。

けれど、我慢していられたのはそこまでだった。

唾液《だえき》の潤いを借りて中まで舌先が侵入する。

「やっ、……ああっ、嫌、だ……っ、海里っ」

あまりの恥ずかしさで、透里は懸命に首を振った。

ただでさえ罪深い行為なのに、海里にそんな場所を舐めさせる。いくら覚悟を決めていても、自分がますます罪に落ちていくようで耐えられなかった。必死に逃げ出そうとしても、海里に腰をつかまれて引き戻される。それどころか動いた拍子に、海里の舌がますます奥まで挿し込まれるだけだった。

「あっ……あぁ、あ……ぅ、くっ……ふ」

一度漏れた声はもう止めようがない。

丁寧に中を舐められるたびに、甘ったるい喘ぎが口からこぼれた。

情けないのは、こんなになっても興奮が冷めないことだ。

ネクタイで根元を縛られた中心は、痛いほど張りつめていくばかりだ。今にも欲望が弾《はじ》けてしまいそうなのに、達することもできない。

「やっ、海里……っ、か、海里……、も、それは、いやだっ……た、頼む、からっ」

腰を揺らしながら必死に懇願すると、ようやく海里の舌が離れる。

「これぐらいで音《ね》を上げるんですか？　まだまだこれからなのに」

背中から覆い被《かぶ》さってきた海里が、耳元で楽しそうに囁《ささや》く。

「んっ」

熱い息がかかっただけで、ぞくりと震えがきた。

なのに海里は敏感になった耳朶《みみたぶ》をちゅるりと口中に収めてしまう。

それと同時に、ゆるんだ窄まりにいきなり深く長い指も挿し込まれた。

「ああっ！　……っく……うぅ」

瘧《おこり》のように全身が震え、海里の指をぎゅっと締めつける。それを見計らったように一番弱い部分を指の腹で引っかかれた。

「いい調子ですね、兄さん……あなたにはやっぱり天性の素質がある」

「か、海里……っ、お、願いだ……もう、……」

透里は息も絶え絶えに頼み込んだ。

ネクタイで縛られた場所がきつい。海里に嬲《なぶ》られるのも嫌だったが、今は欲望を吐き出せないことのほうがつらかった。

「今日は先には達かせないと言ったでしょう。俺にもっと泣き顔を見せてからですよ、兄さん」

海里は余裕で言いながら、ぐしゅぐしゅと後孔を掻《か》き回す。

指の数が増やされても、狙《ねら》われているのは一番のウィークポイントだった。

「やっ、あぁ……っ……も、嫌、だ……そこ」

透里は懸命に首を振りながら懇願した。

「わがままはとおりませんよ、兄さん。でも、まあそろそろいいでしょう」

海里が優しげに言って、指を引き抜く。

だが、ほっと息をついたのは束《つか》の間《ま》のことだった。

「……あ、……っ」

指と舌の愛撫で蕩《とろ》けきった窄まりに、熱く滾《たぎ》ったものが押しつけられる。

「あなたは……俺だけのものだ」

切迫した声とともに、いきなり最奥まで一気に貫かれた。

「あぁ、あ、——……っ」

あまりの衝撃で、透里は大きく背を反らしながら掠れた悲鳴を上げた。

仰《の》け反った身体を抱きすくめられ、それと同時に海里がさらにぐっと腰を進めてくる。

頭が真っ白になった。

達けなくてつらいのに、死ぬほど感じていた。

「兄さん」

短く呼んだ海里が我慢できないように動き出す。

「ああっ、あっ……ああっ」

断続的に嬌声《きょうせい》を上げながら、透里はいつの間にか夢中で応えていた。

兄さんと呼ばれるたびに、罪の意識が深くなる。

過去に犯した罪だけじゃない。兄弟で繋がる禁忌、それに海里をこんなよこしまな行為にのめり込ませた罪。

でも、罪の意識が深ければ深いほど、疼くような喜びも感じる。

自分はおかしくなってしまったのだろうか。

透里は悦楽で麻痺《まひ》し始めた頭で、懸命に考えていた。

海里が自分に執着している。

たとえ一時的だろうと、独占欲を丸出しにし、怒りをぶつけるように自分を抱いて。

それなら、これがどんなに罪深い行為でも平気だ。

「兄さんは、俺のものだ」

「……ああ……」

激しい言葉に、透里は必死に応えた。

嬉しい。嬉しい。

海里がそう言ってくれるのが嬉しい。

身体中が震え、このまま死んでしまってもいいぐらいに嬉しかった。

自分だってそうだ。

海里を自分だけのものにしておきたい。

何があろうと海里を手放したくない。

こうして繋がっている時だけじゃなく、いつだって海里を自分だけのものにしておきたかった。

6

「兄さん、日に二度は連絡を入れてください。わかっているでしょうが、それがあなたの義務です」

海里に冷ややかに命じられ、透里は黙って頷《うなず》いた。

成田空港の出発ロビーには、大勢の人間が忙《せわ》しげに行き交っている。

若いながらも堂々とした長身を誇る海里は、一分の隙もなく完璧に上質なスリーピースを着こなしていた。整った顔に射す陰りは、いっそう他者を魅了する要素となっている。

トレンチコート姿で海里の向かいに立つ透里もまた同じ。内面の憂いが儚《はかな》げな風情を強調し、対する者をはっとさせるほどになっている。

結衣との仲を誤解され、海里に乱暴に抱かれてから一週間が経《た》っていた。

あの衝撃的な夜は、自分だけではなく、海里にも大きな変化をもたらした。

最初、あれだけ無関心だったのに、海里が急に執着を見せるようになったのだ。

まるで独占欲を剝き出しにするかのように、透里を離したがらない。

毎日屋敷に帰ってくるようになっただけではなく、忙しい仕事の合間を縫って透里の大学への送り迎えまで始めたのだから、驚くべき変化だった。

海里に深く執着しているのは自分も同じこと。だから最初は態度の激変に驚いたが、そののちにはまた胸が震えるような喜びに満たされた。

しかし、執着を見せているといっても、海里の場合はあくまで自分を愛人として扱っているだけだ。

ベースにあるのは軽蔑《けいべつ》……それが変わったわけではない。透里はお金と肉欲だけに身を投じる愛人と見られているだけだ。しかも、信頼するにはあたらない人間だとも思われている。だから、毎夜のように抱かれて、海里の存在がそばにあることを確認できても、単純に喜んでいられるような事態ではなかった。

「それじゃ、海里……行ってくるから」

透里はじっと見つめていた海里からようやく視線を外し、ため息をつくように口にした。

しかし、わからないのは、自分の中に芽生えた感情だった。

はっきりしているのは、海里を独占したいという強い気持ちだが、これを恋情と言ってしまうにはどこか違和感を覚える。

海里は一時的に弟だった存在だ。だから、昔まっとうできなかった兄弟愛の歪《ゆが》んだ形、というものなのかもしれない。

とにかく、あれ以来海里は少しも自分をそばから離さなくなった。

そして海里がそばにいれば、自分の中にある感情がなんなのか、突き詰めて考える余裕もなかった。

少し離れて頭を冷やす必要性を感じ、透里は懸命に今回のハワイ行きの許可を得た。最初は嫌そうにしていた海里も、さすがに大学内のことまでは口出ししてこない。予想に反し、案外あっさり許しを貰《もら》って、今この成田までやってきたというわけだった。

海里に背を向け、キャリーカートを引きながら手荷物検査のゲートに向かう。

だが、何歩も行かないうちに、後ろからすっと手首をつかまれた。

思わず振り返った透里に、海里はなんとも言えない奇妙な表情を見せる。

まるで置いていかれた子供のように頼りなく寂しげで、目にも不安がいっぱいで……。

透里は胸を衝《つ》かれた。

今すぐ海里を抱きしめて慰めたい。自分が傷つけてしまった弟を力一杯抱きしめたい。

そんな衝動に駆られる。

けれども、寂しげだった海里の表情は、一瞬にして冷え冷えとしたものに戻っていた。

「わかっていると思いますが、ほかの女や男に目を向けたりしたら」

「大丈夫……ぼくはそんな真似をしない。ぼくには海里、だけだから……」

そう口にすると、海里はとたんに軽蔑をあらわにした。

「その言葉、せいぜい守れるように努力してください」

海里はまったく信じていないように吐き出す。

透里の言葉は信じるに値しない。

子供の頃の裏切りが徒《あだ》になり、透里ははなから信用されていない。そこに愛人契約を交わしたという枷《かせ》がつき、透里が素直に心情を明かせば、よけいにそれを信用されないという現象が起きてきた。

これも身から出た錆《さび》と言うべきなのだろうか。

そして透里には、どうやって海里の信用を回復すべきなのか、見当もつかなかった。

もっと海里に近づきたい。

できることなら絡んだ糸を解《ほぐ》して、一からやり直したい。

透里は強く願っていたが、それもむしのいい話なのかもしれない。

これ以上、向き合っていても悲しくなるだけだ。それに海里のほうもいい気分ではいられないだろう。

透里は小さくため息をつき、再び海里に背を向けた。

さすがに今度は呼び止められたりもしない。

透里は悲しみと寂しさを堪えながら、真《ま》っ直《す》ぐ前へと歩き出した。

†

晩秋の日本から常夏の島へ。

だが、夜ともなると、日中の熱さが嘘のように涼しくなる。

国際会議が開かれるホテルは静かなビーチに面しており、オフシーズンのせいか観光客の姿も少なかった。

透里は到着した夜からさっそく会議に臨み、坂本の代理役を果たした。

出席者の平均年齢は高めで、透里のような学生はいない。だが坂本の人柄もあってか、そうそうたる研究者たちは未熟な学生の参加を歓迎してくれた。

会議が終われば皆でディナーの席につく。その後はテラスやバー、それにプールサイドなどに場所を移して、延々と研究絡みの議論が続くのだ。

夜遅い時間になり、透里は話しこんでいた研究者に別れを告げ、自室へと向かった。

その途中、派手なアロハシャツを着た初老の男に声をかけられる。

『おお、君、トーリだったね？　トーマスが粋《いき》な計らいをしてくれたんだ。これから見にいくんだ。君も一緒に来たまえ』

『こんな時間に何が？』

透里は怪訝《けげん》な思いで訊ね返した。

声をかけてきたのはアメリカの大学から来た教授だ。ほかに、五人ほどの男たちがいて、皆、楽しげな顔をしている。

『いいから、こっちだよ。行こう、行こう』

強引に腕まで取られ、透里は仕方なく陽気な教授たちにつき合った。

『今夜は月もない。それに雲ひとつなく絶好の観測日和《びより》だ』

『我々は日頃の行いがいいからね。天が味方してくれてるのさ』

透里は首を傾げながら教授たちについてホテルの建物から庭へと出た。

教授たちは庭の境を越え、海辺へと歩いていく。しかし、その道は日中デッキチェアが並ぶビーチではなく、雑木林の中へと進むコースだった。

懐中電灯を頼りに十分ほど歩いて目的地に到着する。

そこは広いビーチにぽつんと建てられたボート小屋だった。

『トーマスの奴、はりきって手を振ってるぞ』

教授の声で目を凝らすと、ボート小屋の平らな屋根の上に立ち、盛んに手を振っている男がいた。

さらに近づいて、ようやく教授たちの目的に気づく。

ボート小屋の男のそばに、小型の望遠鏡が設置されているのが見えたのだ。

『どうだい？　今夜は絶好の観測日和だろ？　童心に戻ってあの望遠鏡を覗くのさ』

教授は秘密を明かすように耳打ちしてくる。

透里は思わず笑みを浮かべていた。

ふと頭上を仰げば、満天の星空だ。

天文学の研究などといっても、最近ではまともに星空を見上げることさえなくなっていた。天文台から送られてくるデータの解析を行っても、そこにきれいな星が見えるわけじゃない。教授たちが浮き浮きしていたのも頷ける。たまには童心に戻りたいとの欲求があったのだろう。

このところ、暗いことばかり考えていた透里でさえ、気持ちが浮き立っている。

屋根に据えられていたのは、口径一五〇ミリの反射望遠鏡だった。天体に興味を持ち始めた者が星団や星雲を観測するのに適したものだ。

『さあさあ、順番だ。順番だ』

それでも教授たちはわいわい騒ぎながら望遠鏡の接眼レンズを覗いている。

透里の番が来て、同じように覗き込むと、そこにはきらきらと渦巻き状に輝くオリオン座の大星雲が見えていた。

昔、海里と一緒に見たのも、このM42だった。

大きな流星群が見られるというブームがあった時、敷島の父が望遠鏡を買ってくれたのだ。

「ふたりで仲よく使うんだぞ？　海里はお兄ちゃんの言うことをよく聞いて、喧嘩《けんか》したりわがままなことを言ったりするのもいけないからな」

「うん、わかってるよ、お父さん。ぼく、お兄ちゃんが大好きだから、喧嘩なんかしないって」

「そうか、そうか……おまえたちは、本当の兄弟みたいだな。名前も透里と海里だし……」

感慨深そうに言いながら、届いたばかりの天体望遠鏡をセットしてくれた。

天体望遠鏡にもわくわくしたが、本当の兄弟みたいだと言われたことが嬉しかった。それに頼もしく優しい敷島の父……。

オリオン座の中にある横並びの星みっつ、その下に縦に並んで見える星のひとつがオリオン大星雲だ。

望遠鏡でそれを覗いた時の感動は今でもはっきりと思い出せる。

M42の次には、宝石箱のような昴《すばる》、土星の輪っかや木星の縞《しま》模様にも夢中になった。

接眼レンズを覗いていた目が自然と潤んでくる。

透里は教授たちに気づかれないように、そっと順番を譲った。

屋根から下りた透里は、ボート小屋近くの砂浜で、仰向《あおむ》けに寝転んだ。

風が冷たく震えるようだが、それでも空いっぱいに広がる星を心ゆくまで眺める。

「そうだ、長野の別荘まであの望遠鏡を持って出かけたこともあった……」

海里が「お兄ちゃん、お兄ちゃん」と、どこへでもついてきて、すごく嬉しかった。

敷島の父と三人、まるで本当に血の繋がった家族のようで、何度も「お父さん」と呼びかけそうになったものだ。

理学部に入った当初は、天文学の道を進もうという強い意思はなかった。二年の進学振り分けで、なんとなく天文学科を選んだだけだ。

今、大学院にいるのも、学部を卒業した者の多くが、そのまま修士課程に進むという流れに乗っただけの話……。

そう、自分ではなんとなくそう思いこんでいたが、根っこはもっと昔にあったのかもしれない。

「海里……おまえと一緒にこの星空を眺めた……。だから、ぼくは……」

ぽつりと口に出すと、とたんに悲しみが押し寄せてくる。

あの日、母と一緒に海里を捨てた。

あんなに慕ってくれた海里を捨ててしまったのだ。

だから、いまだに罪の意識に苦しめられている。

いや、違う。罪の意識に苦しめられているのじゃない。自分はただ、あの時失ってしまった海里を取り戻したいだけだ。

今まで母の言いなりに生きてきて、周囲に流されるままに天文学科に進んだ。

よくよく考えてみれば、何事に対しても情熱が持てなくなったのは、あの日が境だったのではないだろうか。

海里を失ったことで、この先何を求めて生きていけばいいか、進むべき道を見失った。ようするに、迷子になっていただけだ。

溢れてきた涙を堪えきれずにぎゅっと目を閉じる。すると星空の代わりに、まぶたの裏には海里の顔だけが浮かぶ。

透里は大きく上下する胸を押さえた。

こんなに胸が苦しいのは、死ぬほど海里を求めているからだ。

この感情がなんなのか、そんなことはどうでもいい。

ただ海里だけが大切で、海里だけを狂おしいほどに求めていた。

海里のそばにいられるなら、何を引き替えにしてもいい。

プライドなど、最初からどうでもよかった。

母のために必要だと思っていたお金も、どうでもいい。いざとなれば、あの母を見捨てることさえ厭《いと》わない。きっと自分は海里が望めばなんでもやってしまう。

それほど強い感情だ。

この恐ろしいほどに歪んだ思いは、恋愛感情と呼べるようなものじゃない。

でも、海里に向かってこの思いのたけを伝えるとすれば、「愛している」という言葉になるのだろう。

「海里……愛してる……海里……」

満天の星空の下、透里は涙を溢れさせながら、何度も何度もそう囁いた。

†

三日後、日本に帰国した透里は、敷島の屋敷に戻ると同時、真っ先に家政婦の吉井に訊ねた。

「吉井さん、すみません。ぼくが子供の頃に使っていた天体望遠鏡、まだどこかに仕舞ってありますか？」

今まで透里は極力子供時代の話を避けてきた。

それなのに、いきなり問いを発したせいで、吉井の顔には瞬《また》く間に険しい表情が現れる。

敷島家を勝手に出ていった透里を、最初から歓迎していないのだ。無理もない話だった。

それに、海里との関係もうすうす知られているはずだ。

だが、有能な家政婦は瞬時に己を取り戻して、透里に背を向けた。

「こちらへどうぞ。倉庫のほうにご案内します」

「あ、ありがとう」

透里はほっと息をつきながら、礼を言った。

屋敷の部屋数は相当のものだが、そのうち頻繁に使っているのは一階と二階の一部だけだ。

吉井はそのさらに上へと階段を上っていく。

案内されたのは、使わない家具などを保管してある倉庫部屋だった。

清掃はきちんとなされているが、家具には全部白い埃《ほこり》よけの布が被せてある。

目当ての天体望遠鏡は、壁際の棚の上に置かれていた。

「あれだ」

小さく呟いた透里は、我知らず懐かしい天体望遠鏡へと駆け寄った。

被せてあった布を取り除くと、まだ新品同様の輝きを放っている。

白い鏡筒に手を滑らせた透里は興奮気味に吉井を振り返った。

「吉井さん。これ、持ち出していいですか？　昔と同じように塔で星空が見たいんです」

昔あった場所への移動を望むと、吉井はまた不快げに眉根を寄せる。

だが、口から出たのは慇懃《いんぎん》な答えだった。

「海里様からは、なんでも透里様のおっしゃるとおりにするようにと、命じられております。塔に通じる部屋には鍵《かぎ》がかけてございますが、のちほどお持ちしましょう」

「ありがとう」

何をやっても昔の罪は許されない。だから、吉井が自分を許してくれることもないだろう。

だが、その罪悪感すら今の透里にはどうでもいいことだった。

早くこの望遠鏡を屋敷の塔に設置して、海里と一緒にまた星空が見たい。

胸にはその思いしかなかったのだ。

海里は深夜を回る頃に、疲れたような顔で帰宅した。

吉井はとっくに引き揚げており、透里もひとりで夕食を済ませている。

自室で論文の構想を練っていた透里は、玄関の物音で海里の帰宅に気づき、急いで迎えに出た。

部屋はエアコンが効いているので、Vネックの薄手のセーターにカジュアルなパンツという格好だ。

ひんやりした階段を駆け下りていくと、ちょうど海里が玄関の大扉を自らの手で施錠したところだった。

ハワイに行っている一週間、見ることができなかった顔だ。

透里は無意識に海里へとすり寄り、甘えるように声をかけた。

「……お帰り……遅かったんだな」

海里がゆっくりと振り返り、相変わらずの冷たい笑みを見せる。

「しばらく留守にしていたせいで、俺に取り入ろうとでもいうんですか？」

「海里、違う……ぼくは……」

皮肉な調子で声をかけてきた海里に、透里は思わず言い返した。

けれど、それに続く言葉をすんでのところでのみ込む。

――愛している。

うっかりそう口走りそうになったのだ。

どうせ疑われるだけとわかっているのに、今、ここで波風など立てたくない。

透里は大きく深呼吸して、廊下を歩き始めた海里のあとを追った。

「海里、お腹空《なかす》いてないか？　吉井さんが作り置きしてくれたスープがある。食べるなら温めてくるが……あ、それとも、風呂に入るほうが先か？」

珍しくそうたたみかけると、海里が心底呆れたように振り向く。

自室のドアを開けながら、海里は大げさにため息をついた。

「いったいどういう風の吹き回しですか？　急に家庭的な愛人でも目指そうというのですか？　驚かさないでください」

「べ、別に……そういうわけじゃ……」

透里は自然と頬を染めた。

確かに今のは、らしくない行動だった。あの母に育てられたのだ。家事らしいことなどやった覚えもない。なのに、するりと言葉が出てしまった。

「それとも……まさか、ハワイに何日か行っていただけで、もう欲しくなったんですか？」

「ち、違う！　そうじゃない……そうじゃないんだ」

透里はしどろもどろに言い訳した。

下心がないわけじゃない。本当は海里が戻ってくるのを今か今かと待っていた。

もちろん海里の顔を見られて嬉しいのが一番だ。

昼に探し出した天体望遠鏡を、子供の頃と同じように塔に設置した。だから早く海里と一緒に見たかったのだ。

だが、それをどう切り出していいものか迷ってしまう。海里はきっと、今さらなんの真似だと馬鹿にするだけだろう。

「何か、俺にねだりたいことでもあるんですか？　あなたは俺の愛人だ。話によっては、ちゃんと望みを叶《かな》えてあげますよ」

海里はクローゼットに向かい、コートとスリーピースの上着を順に脱ぎながらそんなことを言う。

久しぶりに会ったのだ。成田での別れ際のことを思うと、もう少し帰国を歓迎してくれるかと思っていた。

それをものの見事に外されて、少なからずがっかりする。

ほうっとため息をついた透里に、海里がすっと近づいてきた。

「俺を待っていたのは、天体望遠鏡を見せるためですか？」

「えっ、どうしてそれを？」

「吉井さんは毎日帰る前に報告をよこすんです」

「なんだ、そうなんだ……知らなかった」

透里は意気消沈した。

考えてみれば当たり前のことだ。海里こそがこの屋敷の主人だ。吉井が透里の行動を逐一報告するのは当然のことだった。

「……悪かった。うるさくして……。疲れているんだろ。ぼくは自分の部屋に戻るから」

透里はそれだけ言って、海里から視線をそらした。

胸の奥に何か大きな痼《しこ》りができたような気がする。

自分ひとりだけで舞い上がっていたことが、急に恥ずかしくなった。

だが、そのまま部屋から出ていこうとすると、海里に鋭く呼び止められる。

「誰も、見ないとは言ってないでしょう」

怒ったような声に、透里は再び海里に向き直った。

いつの間にか、海里が間近に立っている。

上着を脱ぎ、シャツにベストとネクタイという姿だったが、惚《ほ》れ惚《ぼ》れと見つめずにはいられない。まるで中学生が初恋でもしたように、心臓がドキドキと高鳴った。

「屋根裏部屋へ行けばいいんですか？」

「ああ、昔と同じように塔に設置した」

そう言ったとたん、海里がひくりと肩を揺らす。

透里もまた一瞬で緊張したが、海里はそれ以上何も言わずにそばをすり抜けていっただけだ。

二階の部屋からさらに階段を上っていく海里を、透里は慌てて追いかけた。

屋根裏部屋は屋敷の四階部分にあたり、子供の頃の遊び場だった場所だ。

床材が剝き出しでがらんとしているが、中央部分に螺旋《らせん》階段があって、上の塔に出られるようになっていた。

透里は塔への扉を押し上げてから螺旋階段を上りきった。あらかじめ小型のテーブルを持ちこんで、天体望遠鏡をセットしてある。

円錐形《えんすいけい》の赤い屋根を載せた塔は西洋の鐘《かね》撞き堂といった雰囲気のものだ。壁は四面とも大きくアーチが切られ、上に載せた望遠鏡ごとテーブルを移動させれば、東西南北どちらの空でも観測が可能だった。

この時間帯で観測するのは、やはりオリオン大星雲が一番だろう。

島で見た時とは違って、星の瞬きは薄かったが、それでも空にはくっきりとオリオン座が見えていた。

縦並びの三つ星も肉眼で確認できる。うまくM42を捕捉できるように望遠鏡の角度を調整した。

海里は腕を組み、黙って透里がやることを見ている。

架台にセットした天体望遠鏡は、口径二〇〇ミリの反射式。子供が持つにしてはかなり高価なものだ。

低倍率の調整にはさほど時間もかからない。試しに接眼レンズを覗いてみると、ちょうど真ん中にM42の渦巻きを捉えていた。

「海里、準備できたよ。オリオンだ。さあ、見てくれ」

透里は興奮気味に言いながら海里を振り返る。

透里が場所を譲ると、海里は腰をかがめ、何も言わずに鏡筒の側面にある接眼レンズを覗き込んだ。

けれど、じっと眺めるでもなく、海里はすぐにレンズから顔を離す。

「見えた、だろ？　オリオン星雲……M42……子供の頃《こわ》も、一緒に見た、よな？」

何気なく口にしたとたん、海里が目に見えて身体を強ばらせる。

一瞬にして、あたりの空気まで凍りついたかのように、海里の機嫌が悪くなった。

それで初めて透里は、自分が大失敗をしでかしたことに気づかされた。

一緒に星を見ただろう。

それこそ、一番口にしてはいけない言葉だったのだ。

一緒に星を見れば、無邪気だった昔に戻れるかもしれない。

強く意識していたわけではないが、どこかにそんな甘い期待があったのだろう。

興奮が冷めると、急速に身体も冷えてくる。外気温が低い上、軽く風も吹いている状態だ。

自分の馬鹿さ加減に嫌気が差し、透里は奥歯を噛みしめた。涙を堪えようとすると、鼻の奥がむずむずする。

こんな時だというのに、くしゅん、と小さなくしゃみが出て、惨《みじ》めさが倍増した。

自分にとっては大切な思い出が、海里には不快さしかもたらさない。

それをとことん思い知らされたようで、どこまでも気持ちが沈んでいく。

一度こじれてしまった関係は、二度と修復が叶わないのだろうか。

寒さが堪《こた》え、カチカチと歯が鳴りそうなほど震えてしまう。

無意識に自分の身体に腕を回した時、ふいに背中から抱きしめられた。

海里の温《ぬく》もりに包まれれば、寒さなどなんでもなくなる。

すっぽりと抱きしめられているだけで、例えようのない嬉しさが込み上げてきた。

胸の奥で疼いているのは狂おしいほどの愛《いと》しさだ。

海里を取り戻したい。

昔と同じように、心から大切に思い合える存在を、どうしても取り戻したかった。

「……海里……愛してる」

どうしても気持ちを抑えきれず、透里は震える声で囁いた。
海里の腕にぎゅっと力が込められて、涙がこぼれてしまいそうになる。
「海里……愛してる」
だが、もう一度口にした瞬間だった。
唐突に抱擁が解かれ、透里は激しく突き飛ばされた。
「それで媚《こ》びを売ったつもりですか?」
ぞっとするほど冷ややかな声で吐き捨てられて、透里は完全に敗北したことを知った。
海里の目には不審の光があるだけだ。
ここでいくら言い訳しても始まらない。よけいに信用されないだけだ。
どうして、海里の愛人になどなってしまったのか。
死ぬほど後悔しても、すべては後の祭りだった。

7

海里との関係はその後も切れることなく続いていた。

望遠鏡を覗いた夜、あれほど手ひどく撥《は》ねつけられたにもかかわらず、海里はいっこうに透里を離そうとしない。そして毎夜のように抱いていた。

どれほど愛しく思っても、それを口にしたとたん嘘になる。

だから気持ちを通じ合わせることもなく、ただ身体を重ね、爛《ただ》れた欲望に耽《ふけ》るだけの毎日が続いていた。

胸の奥に溜《た》まる苦しさは重みを増す一方だ。それでも、この関係を止めれば、海里には二度と会えなくなるという恐怖で、逃げ出すこともできなかった。

ひとつだけ希望があるとすれば、海里の執着がまだ続いていたことだ。

ひと晩中しつこく抱かれ、気怠《けだる》い身体に鞭《むち》打って起き上がる。

電車で大学へ行くのは乗り換えもあってかなり億劫《おっくう》なのだが、この頃では毎朝海里が車で送ってくれるようになった。電車は遠回りになるが、車だとさほど時間もかからない。

毎朝、海里に送ってもらって大学へ来ていることは、目敏い結衣に見つかってしまった。

透里は飲み会の時の気まずさもあって身構えたが、結衣のコメントはあっさりしたものだった。

「あなたの弟、敷島海里君って、うちの大学出身なんだって？」

透里がデータの解析にかかっていると、結衣がふらりと後ろに立って訊ねてくる。

結衣がこの研究室に入ったのは二年前。海里の在学期間とは重ならない。それなのによく調べてきたものだと感心する。

「学部は違いますが……」

あまり突っ込んだことは訊かれたくなかったので、当たり障《さわ》りのない言葉だけを返す。

「一年の時からカリスマ性を発揮して、男女問わず、そりゃもうファンが多かったって。私、敷島君にそんな有名人の弟がいたなんて、全然知らなかったわ」

解析に熱中している振りで沈黙を守っていると、結衣は何か考え込む素振りを見せる。

「だけど、あれね……私の見るところ、彼はただのブラコンね」

「ブラコン……？」

手厳しい言い方に透里は絶句した。

確かに海里は、自分に対しかなりの独占欲を見せるようになったが、もともと血の繋がった兄弟じゃない。それに、ブラコンとは兄や弟に対し愛情が過多になるという現象を指す言葉だろう。海里の場合、そういった愛情には無縁だ。むしろブラコンという呼び方が似合うのは自分のほうだろう。

子供の時の未練を今に至るまでずっと引きずっているのは透里のほうなのだから……。

「いずれにしても、見た目がいい男にはろくなのがいないわ。ま、敷島君にしても、弟君にしても、観賞用のストックにしておくってのが正解ね」

結衣はけろりとした調子で言ってのける。

この前やけに絡んできたのは、やはり悪酔いしてのことだったらしい。

研究室は相変わらず静かで、マシンやキーボードを打つ音、教授が書物をめくる音がするだけだ。

午後四時になると、透里は大学を引き揚げて病院へ向かう。

主治医の説明によると、母の治療は順調に進んでおり、そろそろ手術の日程を決めるところまできていた。

母の病室に顔を出し、たいして会話もないまま一時間ほどを過ごす。

母は相変わらずぼんやりと寂しげにしていることが多く、透里が今は敷島家でお世話になっているのだと伝えても、はかばかしい反応を示さなかった。

だが母の様子を見ているうちに、ふと気づいたことがある。

自分だって他人から見れば、母とそっくりの反応を示しているのではないだろうか……。

何事に対してもたいして興味を示さない。何事にも執着しない。母は透里という息子にさえ、ほとんど関心がない。

今の自分も同じようなものだ。

海里以外のことは、どうでもいいと思っている。

透里は、ベッドの上で上半身を起こしている母に、ふっと笑みを向けた。

やわらかな素材のブラウスを着て、点滴の針が刺さった細い左腕を剝き出しにしている。

肩から薄いカーディガンを羽織り、髪を横で結んだ母は、今日も少女めいて見えた。

今までずっと、自分の母は理解しがたい人間だと思ってきた。けれど、海里という執着する相手を得た今、母のことが少しだけわかったような気がする。

「母さん……教えてほしいことがあるのですが」

「何？」

ベッドのそばの椅子に腰を下ろして訊ねると、母は細い声で機械的に返す。

「父さん……ぼくの父親はどういう人だったんですか？」

そのとたん、母は何故《なぜ》かまじまじと見つめてきた。

生気がなかったはずの頰に血が上り、まるで恋する乙女のように華やいでいる。

「何故？」

今頃になって、どうして？

母は言葉足らずだが、本当はそう訊きたかったのだろう。

「子供の頃、一度訊ねたことがあります。覚えてませんか？」

透里の問いに、母はゆっくり首を左右に振った。

母がそんな細かいことをいちいち覚えているはずがない。子育てを放棄することこそなかったが、透里にとって母は常に遠い存在だった。

幼稚園に通っていた頃だった。透里はたった一度だけ、「ぼくにはどうしてお父さんがいないの」と訊ねた。

その時、母が見せた恐ろしい顔は長い間忘れることができなかった。

びくりと怯んだ透里に、母は鋭く命じたのだ。

「お父さんのことは訊かないでちょうだい。透里のお父さんは亡くなったの。もう二度と会えないんだから、訊かないでね」

自分には父がいる。でも、死んでしまった。

結局それだけしか教えてもらえなかった。

そして、その後しばらくの間、母は何も手につかない様子でぼんやりしていることが多くなった。

透里は幼いながらも決心した。

二度とお父さんのことは口に出さない。

その決意は硬く、透里は今の今まで父親のことを確かめたこともない。

「あなたの父親は、あなたが生まれる前に亡くなったわ。交通事故だったの」

母の声は静かだったが、短い言葉に込められた悲しみと怒りが伝わってくる。

透里は母の心情を思いやって胸を痛めた。

母は二十歳の時に自分を産んだ。母は実家とのつき合いも絶っている。若い女性がひとりで子供を産む決意を固めるのはさぞ大変だったことだろう。

父の顔は写真でも見たことがない。長い年月、それを疑問に思うことすら己に禁じてきた。だが、母は何故、写真一枚手元に置こうとしなかったのか、今さらのように不思議に思う。

透里はしばらくの間、じっと母の顔を眺めていた。

ずっと、話題にすることを避けてきたが、訊くとしたら今しかない。

「……父さんのこと、教えてください」

透里は静かに重ねた。

普段の母は、まるで陽炎《かげろう》のようにつかみどころがない。だが、今は母の眼差《まなざ》しが自分に向けられている。

「透里……あなたにとって愉快な話にはならないわ。それでも聞きたいの？」

「……話してください」

透里が頷くと、母はほっとため息をつく。

そして、透里からゆっくり視線を外し、何か遠い夢でも思い浮かべるかのように両目を閉じた。

「あなたの父親は、里見透《さとみとおる》という人だった」

「……里見、透？」

どんな字を書くかは、改めて訊ねる必要もなかった。

「大学の二年先輩だったわ……私たちは深く愛し合っていたのに、ある日突然彼は還《かえ》らぬ人になった。かけつけた病院で彼の亡骸《なきがら》と対面を果たした時、私は即座にあとを追う決意を固めた。彼のいない人生など、なんの意味もなかった。理屈じゃないの。あの時、私という人間も彼と一緒に死んでしまった。だから、自ら死を選ぶのは、私にはごく自然なことだった」

「………」

透里はまじまじと母の横顔を見つめた。

初めて知る母の一面に、胸の奥が大きく波立つ。

「透里……お腹にいたあなたが邪魔さえしなければ、私はとうにあの人の元へ行っていたわ」

透里は鋭く息をのんだ。

自分が邪魔さえしなければ——。

それこそ、嘘偽りのない母の本音だ。

「あなたを……お腹に宿った命を、先に殺してしまうことを何度も考えた。でも、結局はできなかった。あなたは確実に透の血を引いている。だから、あなたの命を奪うことは、どうしてもできなかったの。……透里、私は言葉を飾るつもりはないわ。あなたを育てたのは義務からよ。それ以外の理由はないわ」

母は淡々と締めくくる。

透里は言うべき言葉も見つからなかった。

母は、世間一般の愛情深い母親像からはかけ離れた存在だった。

その理由が今になって明らかになる。

母は、亡くなった恋人の元へ旅立つことだけを夢見ていた。その枷となる息子に、心からの愛情など抱《いだ》けるはずもない。何ひとつ不自由することのない生活。それを提供するだけで精一杯だったのだ。

そして、母の望みは今でも変わらないのかもしれない。

亡くなった恋人だけを愛し、ほかのことはいっさい目に入らない。息子である透里に恋人のことを語らなかったのは、思い出さえも分け合うのが嫌だったからかもしれない。

エゴの塊《かたまり》のような愛を、亡くなった恋人だけに向けている。

だが、母を恨むことはできなかった。

何故なら、母の気持ちが痛いほど理解できるからだ。

もし、海里に何かあったとしたら……。

自分もきっと母と同じになる。

「母さん、もうひとつだけ聞かせてください。十五年前、どうして敷島家から出ていくこと

「敷島の屋敷を出た理由？　……そうね、敷島秀里《ひでさと》さんはいい人だった。でもね、嫌だったの。あなた、秀里さんのことを、お父さんって呼びそうになっていたでしょう？　それは違うから……」

「それじゃ、ぼくが原因だったのですか？　敷島氏を、お父さんと呼びそうになった。本当にそれだけの理由で？」

透里は打ちのめされたような気分で問い返した。

「ええ、そうよ。ほかに理由はないわ」

さらりと返ってきた答えで、胸がますます重くなる。

母は血を分けた息子である自分を愛したことなどない。それは薄々感じていたので、さほどの打撃は覚えなかった。

だけど、海里を捨てた直接の原因が自分にあったと知らされては、冷静ではいられない。

「そんな些細《ささい》なことで……海里がどれほど……っ」

母を両手で揺さぶって、叫びたかった。

自分を義務感だけで育てたのなら、どうして我慢してくれなかったのかと。

だが母は、疲れ切ったように深い息をつき、ぐったりとベッドに身を横たえる。

今さら母を責めたところで、どうなるものでもない。

「……手術の日も近いからゆっくり休んでください。また、来ます」

透里は敗北感を噛みしめながら、静かに椅子から立ち上がるしかなかった。

†

海里との間にあるのは、出口が見つからない歪んだ関係だ。

その原因がすべて自分にあったことで、透里は深く打ちのめされていた。

十五年前に敷島家を出ていくはめになったのは、自分が敷島氏に父の影を追い求めていたせいだ。

そもそも母が勝手気儘《きまま》な生活を続けるに至った発端も、自分だったのだ。

こんなことなら、いっそのこと生まれてこないほうがよかったのではないか……。

透里はそう自嘲《じちょう》気味に思い、かすかに微笑んだ。

母の愛情が最初からないことを知っても、さほどショックではなかった。父がどういう人間だったのかも、結局は訊き損ねてしまったが、それも今さらだという気がする。

透里が一番堪えたのは、海里のことだ。

自分が敷島氏を「お父さん」と呼びかけたせいで、海里は置き去りにされることになった。

それなのに昔を懐かしく思い、天体望遠鏡まで持ち出して……。

透里は頭を強く振って、とことん落ちこんでいきそうな気分を払った。

今夜はＳＨＩＫＩＳＨＩＭＡコーポレーションで創立記念のパーティーがあり、何故か透里も出席することになっていた。

略礼装とのことだが、海里からはタキシードを着るように命じられている。

冬物の服は海里の車でほとんど敷島の屋敷に移動済みだ。

透里はクラシックな造りのクローゼットを開けて、目的の衣装を取り出した。

光沢のあるダークグレーの上着は長めの丈で、中のベストはそれよりやや明るめの色で光沢なしの生地だ。白のウィングカラーシャツにアスコットタイを合わせてピンで留め、ポケットチーフはベストと同色のものを選ぶ。

鏡の前で髪を整えると、そこにはほっそりとした美青年といった風情の自分が映っていた。

会社とはなんの関係もない者がパーティーに出席する意味があるのか。

疑問に思ったところで、海里にそうしろと命じられれば、拒否することはできなかった。

吉井から内線で迎えが来たと知らされて、透里はひとつ息をついて自分の部屋をあとにした。

玄関で待っていたのは海里の秘書、鳥飼《とりがい》だった。

黒のダブルスーツを着て、今日も眼鏡の奥の目を隙なく光らせている。

「会場までお送りしますので、どうぞお乗りください」

慇懃な態度がなければ、とても秘書とは思えないほど迫力のある男だ。

海里が会社を継いで二年ほどになるはずだが、いかにも切れ者の懐刀《ふところがたな》といった感じだ。

この男には以前も会っているが、海里は自分のことをどう説明しているのだろうか。

元の兄弟か、それとも愛人契約を交わした相手か。

黒塗りの高級車の後部席ドアが開けられて、透里は緊張したまま乗り込んだ。秘書の鳥飼も反対側のドアにまわって透里の隣に収まる。

リムジンは滑るように屋敷の門から外へと走り出した。

「あの……今夜は、どういった方たちが参加されるのでしょう」

なんの予備知識もない透里は、不安なまま問いかけた。

海里に縁のある者が何も知らないでは、済まないだろう。海里に恥をかかせない程度の情報は得ておきたい。

「今日は我が社の創立五十周年記念のパーティーです。海里様の社長就任二周年のお祝いも兼ねております」

「そう、ですか……」

「社員が集まるパーティーは明日別の会場で行います。本日は外部の方をご招待しております。政財界の重鎮を筆頭に、各界著名人、それに業界の関係者……敷島家のご親戚筋でも、傘下のグループに関係しておられる方のご家族もいらっしゃいます。あとは海里様のご友人関係……」

鳥飼の言葉に、透里はため息をつきそうになった。

相当な数の客が呼ばれているらしい。

大学の仲間との飲み会すら苦手な透里は、華やかなパーティーだと思っただけで億劫になった。

透里の気分には関係なく、リムジンはすんなり都内の老舗《しにせ》ホテルに到着する。

すかさず出迎えたスタッフの案内を断り、鳥飼はさっさと会場のあるフロアへと向かった。

まだ指定の時間までには間があるのに、気の早い客の姿がある。鳥飼は彼らに挨拶しながら、奥の控え室まで透里を案内した。

「しばらくこちらでお待ちを。私は社長の様子を」

ドアを開けた鳥飼はそこで言葉を切った。

「いい鳥飼。俺はここにいる」

探しに行くまでもなく、控え室で待ち構えていたのは海里だった。

黒の上下に白のベストとホワイトタイ。メリハリの利いた組み合わせが海里の男らしさを際立たせている。

透里は声を出すのも忘れて海里に見惚《みと》れた。

礼装姿のせいか、いつもより余計に対する者を圧倒する威厳をまといつかせ、とても自分より年下とは思えない。

「兄さん、遅かったですね」

海里はにこりともせずに近づいてくる。

腰にすっと手を添えられた時、透里はひときわ激しく鼓動が跳ね上がるのを感じた。

「か、海里……」

「今日は会社の創立記念パーティーだ。兄さんのことを皆に紹介します」

まるで宥めるような調子で言われ、透里は目を見開いた。

海里は透里の肩に手を置いて、頭から爪先《つまさき》まで点検するような視線を送ってくる。

「さすがですね、この着こなし……完璧な装いだ。兄さんの美しさがいちだんと際だっている……鳥飼、おまえはどう思う?」

「はい、社長がおっしゃるとおりです。今日はお嬢様をお連れの方が多いので、透里様のまわりには人垣ができるかと思います」

おもむろに振り返った海里に、鳥飼がそう応じる。

「鳥飼、先に会場へ行って客をあしらっておいてくれ。俺もすぐに行く」

「はい、承知しました」

答えた鳥飼は深々と腰を折ってから、きびすを返した。

ふたりきりになると、よけいに心臓の鼓動が高くなる。

病院ではあれだけ自分の罪深さにおののいたばかりだというのに、海里を恋しく思う気持ちが止められなくなっていた。

思わず海里を見上げると、海里のほうからもじっと見つめ返される。

「海里……どうして、ぼくをここに呼んだんだ？」

「言ったでしょう。皆に兄さんを紹介しようと思って」

「でも、どうして？　そんな必要はないだろう」

かすかに首を傾げて重ねると、形のいい口元がおかしげにゆるむ。

「あなたを皆に見せびらかすんですよ」

嘲るように言われた瞬間、胸が鋭く痛んだ。

「まさか、ぼくのこと……」

愛人だとばらすつもりか？

そんなことをすれば、海里の評判に傷がつくのに。

「何を青くなっているんです？　あなたは俺の持ち物になった。拒否する権利などありませんよ」

「海里、待ってくれ。そんなことをしたら君のほうが」

透里は焦って海里の腕に手をかけた。

すると海里はにやりとした笑みを浮かべる。

「俺のことを心配してくれるとは、なかなかいい心がけですね。嬉しいですよ。それとも、気遣ってくれるのは、振り、だけですか？」

楽しげに言う海里に、透里の胸は重く沈んだ。

「海里、ぼくは本当に君を、あい……」

最後まで口にしないうちに、海里の冷たい視線が突き刺さる。

黙り込むしかなかった。

何を言おうと、海里は絶対に信じない。

海里を思う気持ちを口にすれば、それは悉《ことごと》く嘘になってしまう。

凍てついた眼差しが、痛い。

胸も引き裂かれたかのように痛んだが、どうしようもなかった。

いつも思っていた。振り出しに戻ればどんなにいいかと……。

海里を裏切った事実をすべて初期化して、十五年前のあの夏の日に戻ればどんなにいいかと……。

けれど、今日病院で思い知ったばかりだ。

十五年どころではない。今の歪みは自分が生まれた時から始まっていた。いくら過去に戻ろうと、罪滅ぼしはできないのだ。

「さあ、そろそろ会場へ行く時間だ。その前に、自分の役目を果たしてもらいましょう」

「役目……？」

「愛人なら愛人らしく、熱烈なキスでもしたらどうですか？」

あざ笑うように言われ、透里はいちだんと沈み込んだ。

この頃の海里はおかしい。言動が少しも一致していない。

自分を愛人だと蔑《さげす》むなら、こんなふうに執着する素振りなど見せなければいいのだ。

軽蔑するぐらいなら、自分をさっさと放り出せばいい。

海里にとって自分は価値のある人間じゃない。だから、愛人などという役割を辞めさせて、屋敷からたたき出せばいいだけだ。

なのに海里は自分を手放さない。

出口のない泥沼に、ふたりしてはまっている。

きっとどこまで行っても抜けられない。

海里のそばにいたい。

その単純な望みがいつの間にか形を変え、海里の何もかもを手に入れたいという欲になっている。

その望みが叶わないなら、そばにいるだけでもいい。

そして、海里がそう望むなら、自分はどこまでもきたなくなれる。

母に取り憑《つ》いていている狂気に似た思い。それと同じだ。

透里はすっと背伸びして、海里の首筋に両手を絡めた。

「海里、愛してる。君を愛してる。愛してるんだ」

そう立て続けに訴えて、次の瞬間には唇を塞《ふさ》ぐ。

「くっ」

海里は驚いたように硬直した。

それでも透里はぎゅっと海里にしがみついて、さらに唇を強く押しつけた。

「んんっ、……ん、ふっ」

海里はなすがままになっている。

それをいいことに、大胆に舌を挿し入れて心ゆくまで海里の唇を貪《むさぼ》った。

信じてくれなくてもいい。

このキスも、そして愛の言葉も、すべては媚びを売るためのものと誤解されてもいい。

それでも海里のそばを離れたくない。

今の透里にはそれだけが真実だ。

でも、いつかは泥沼から抜け出す出口が見つかって、この思いが届く日が来ると、信じていたかった。

†

「本日はお忙しいなか、我がSHIKISHIMAコーポレーションの創立記念パーティーにご足労をいただき、ありがとうございます。私の祖父が敷島光学を設立してちょうど五十年になります。最初は小さなレンズ屋でしたが、それを今日の規模に発展させた功労者は、先年亡くなりました私の父・敷島秀里でした……」

マイクを片手にスピーチを行う若きオーナー社長に、会場内の視線が釘付《くぎづ》けになっていた。

透里もそのうちのひとりで、惚れ惚れと海里の晴れ姿を眺めてしまう。

集まった招待客は千人を超えている。それが皆、弱冠二十四歳の経営者に心を奪われてしまったかのように夢中になっていた。

海里には生まれつき備わったカリスマ性があるのだろう。

来賓のスピーチがいくつか続いたあとは、自由にご歓談くださいという時間帯になる。

透里は邪魔にならないように外の空気でも吸ってこようかと、移動を始めた。

だが、それを察知したように海里が近づいてくる。

「どこへ行く気ですか？　まさか、俺に隠れてほかの男に言い寄ろうとしているんじゃないでしょうね」

「まさか」

ひどい言いがかりに、透里はさすがに眉をひそめた。

「あなたには男を引きつける魔性、みたいなものもあるし」

海里は顔を正面に向けたまま、透里の耳に口を近づけてひっそりと囁く。

「そんなこと……するわけないだろう」

透里はびくりとなりながらも、言い返した。

だが、海里の言葉は妙に引っかかる。

男を引きつける魔性……それは母に備わっているものではないだろうか。

「とにかく、あなたにはしばらく俺のそばにいてもらいます」

海里はすっと透里の肩を抱きよせる。

衆目があろうとまったく気にしていない。透里は自分の支配下にある。そうアピールするように、肩を抱いたままで堂々と歩き出した。

「今日はよく来てくださいました。兄を紹介しましょう」

透里は海里の言葉にさっと緊張の度合いを高めた。

「お兄様がいらしたとは」

驚く客に、海里はにこやかな笑みを向けて説明する。

「子供の頃、両親が離婚しまして、兄は母親のほうに引き取られたんです」

「おお、そうでしたか……しかし、お兄様がおられるなら、今後ますます繁栄なさること間違いなしですね」

「ありがとうございます」

海里は呼び留められるたびに、同じ言葉をくり返した。まるで自分たちが本当に血の繋がった兄弟であるかのような言い方だ。

透里は気が気ではなかったが、海里はまったく意に介した様子もない。そしてとうとう敷島の親戚にまで透里を引き合わせたのだ。

「君は、まさかあの女の息子か？　今頃になってどうして？」

さすがに親戚ともなると、不快そうに顔をしかめる者が多い。だが海里は、彼らを厳しく見据えて宣言した。

「これは俺の家の問題です。叔父さんにご心配いただくことではないですから」

文句を言った親戚は顔を赤くして黙り込む。

そういったことが何度かくり返された。

海里の目的がわからず、透里は途方に暮れたが、もともと逆らうすべなどないのだ。大人しく従うほかなかった。

しばらくして、海里がようやく肩から手を離す。

「これであなたにも注目が集まることになった。お行儀よくしておいたほうが身のためですよ」

海里はまるで嫉妬でもしているような言葉を残して離れていく。

透里はほっと息をついて緊張を解いた。

「お飲み物のお代わりはいかがですか？」

海里と入れ替わりで近づいてきたのは秘書の鳥飼だった。

そして透里が返事をする前にウエイターを呼び留め、シャンパンのグラスを取って寄こす。

「ありがとう……」

海里に命じられて自分を見張っているのだろうか。

透里は疑心暗鬼に駆られながら、そのグラスを受け取った。

ゆっくり視線を巡らせると、海里は、遠くからでも人目を引く若い女性と話しこんでいた。

まだ二十歳前後なのだろう。ふわりと裾《すそ》が膨らんだ淡いピンク色のドレスが、彼女の可愛らしさを引き立てている。黒のタキシードを着た海里と並ぶと、まるで結婚式のお色直しに臨むカップルのようだ。

頬を染めて海里を見上げる様子に、透里はずきりと胸が痛むのを感じた。

「ああ、あの方はさる財閥のご令嬢ですよ。先代がご存命の頃から両家の間ではご縁談が進んでおりました。女子大を卒業されれば、すぐにもご結婚されるのではないかと思います」

鳥飼がなんでもないことのように説明する。

透里はシャンパンのグラスを取り落としてしまいそうなほどの衝撃に襲われた。

海里が結婚？

あの若い女性と？

すぐには信じられなくて、何度も短く呼吸をくり返す。

「海里様はこの二年間、一瞬も気を抜くことなく会社のために尽くしてこられました。先代に仕えていたブレーンは皆頑固者揃《ぞろ》いですから」

鳥飼の口調は淡々としていた。

目の前が真っ暗になるほどの衝撃で、すぐには立ち直れるような状態ではない。けれども透里は、鳥飼の言葉にかすかな違和感を覚えていた。

秘書という立場で、部外者の自分に言うべき言葉ではない。それに海里の縁談についても、わざと聞かせたのではないかという気がする。

自分がそばにいては海里のためにならない。

それで牽制《けんせい》しているのだろうか……。

「どうして、ぼくにそんな話をされるのですか？」

透里は鳥飼の顔を見上げて問い質《ただ》した。

無表情だった顔に、かすかに皮肉っぽい笑みが浮かぶ。

「お気に障りましたか？　申し訳ないです」

さらりと謝った鳥飼に、透里の胸はますます重くなった。

有能な秘書は簡単には言質を与えない。それでも、おまえは邪魔だ。自分から身を引け。

そう仄《ほの》めかされているのは、はっきりとわかった。
海里は優しげな微笑を浮かべながら、婚約者と話している。
自分のような者がそばにいては、海里のためにならない。
それをとことん思い知らされた気分だ。
透里はひとつため息をついて、再び鳥飼を見上げた。
「すみません。ぼくは先に失礼したいと思います。申し訳ないですが、あとのことは」
「あとのことは私にお任せください」
鳥飼は満足そうにたたみかけてくる。
透里は手にしたグラスを鳥飼に渡し、静かに出口へと向かった。
クロークに預けてあった小型のバッグを受け取り、ホテル内の廊下をふらふらと歩く。
この先どうしていいか、なんの考えもなかった。
しかし、海里のことを思うなら、やはり身を引くべきなのだろう。
ぼんやり歩いていた時、唐突に携帯端末が震え出す。
どきりとなった透里は、急いでバッグから端末を引き出して確認した。
「平野《ひらの》？」
とっさには誰だったか思い出せない。
通話をオンにすると、耳に飛び込んできたのは、焦ったような男の声だった。

『ああ、やっと繋がった！　大変なんだ。ち、千鶴《ちづる》さん、お母さんが危篤状態だ。今すぐ病院に！』

「危篤……？」

「急に熱が出て、下がらないらしいんだ。このままだと危険だからと、自宅のほうに何度も電話したらしいのだが、誰も出なくて」

信じられない言葉に、透里は呆然となった。

それでも通話を切ったと同時に駆け出して、タクシーに乗り込む。

知らせてきたのは病院職員の平野。それを思い出したのは、そのタクシーが走り出した直後だ。

母に会ったのはほんの数時間前。あの時はなんの兆候もなかった。

それなのに、何故こんな急に容態が悪化する？

何もかも、自分のせいのような気がして、押し潰《つぶ》されそうだった。

もし、母に何かあったとすれば、自分が殺したも同然だ。

父のことなど訊かなければよかった。今までさほど関心を持ったこともなかったのに、どうして訊ねたりしたのだろう。

ただでさえ生まれた時から母を苦しめてきたのに、身体が弱っている今、わざわざ追い打ちをかけるような真似をした。

脳裏には、ピンクのドレスを着た可愛い女性にほがらかに笑いかけている顔も浮かぶ。
海里を道に迷わせているのも、自分のせい……。
自分など、本当にいないほうがよかったのかもしれない。
生まれてさえこなければ、母や海里を苦しめることもなかったのに――。

8

母の高熱は丸三日続いた。

解熱剤の効き目がまったくなく、危険な状態だと言われ、透里はずっと母につききりになっていた。

「今日また薬の種類を替えてみましょう。抵抗力が落ちている状態ですから、何が引き金となって熱が出たのか特定するのは難しいんです。今日は抗菌効果が見込める薬剤を点滴してみます」

「はい」

「お母さんは頑張っておられる。だから、あなたも希望を捨てずに見守っていてあげてください」

「よろしくお願いします」

主治医の楠木《くすのき》は、透里を力づけるようにぽんと肩を叩いた。

適度な重みと温かさが身に染みて、思わず涙が出そうになる。

肝臓癌の権威と言われる医者は、まだ四十代前半といった若さだ。大柄な体格で、人好きのする顔を見ていると、何故かほっとしてしまうようなタイプだった。

静かな病室で母のそばについている時も、海里のことばかり思い浮かべてしまう。苦しげに呼吸している母を目の前にしていながらこうなのだから、自分の罪深さは恐ろしいほどだ。

だが、もう終わりにしたほうがいいのかもしれない。

鳥飼に言われるまでもなく、海里を解放すべきだ。

自分さえいなくなれば、海里はもっと健全になって、元の明るい場所に戻れるはずだ。

けれども一方では、何があったとしても、手放せないと思う。

海里から離れれば、自分という人間はもう存在しないも同然だ。

母の額を拭《ぬぐ》ってあげようとタオルに手を伸ばした透里は、ふと首を傾げた。

先ほどまで、あんなに苦しげだった呼吸が楽になっている気がする。

自分で熱を測ってみようかとも思ったが、念のために看護師を呼んだほうがいいかもしれない。

透里はそっと病室を抜け出し、ナースステーションへと向かった。

もう消灯時間を過ぎているので、廊下は薄暗い。

「あの、すみません」

カウンターの向こうでモニターをチェックしていた年配の看護師にそっと声をかける。

「どうか、なさいましたか？」

「母の熱が下がったような気がして」

「わかりました。すぐにお熱を測ってみましょう」

看護師は心得たようににこやかな笑みを見せる。

カウンターから出てきた小柄な看護師に続いて、病室へ戻ろうと思った時だ。

透里はふと何かの気配を感じて、背後を振り返った。

ナースステーションを中心に、廊下は四方向に続いている。母の病室とは反対側の廊下のベンチで、腰を下ろしている人間がいた。

背を丸め額に手を当てている男の姿に、透里ははっとなった。

暗がりではっきりしないが、海里のような気がする。

今すぐ確かめに行きたいと思ったが、看護師を放っておくわけにもいかない。

透里は何度も振り返りながら母の病室まで戻った。

看護師は母の様子を見て、それから体温計を口に入れる。

ピッと音がするまでが、永遠のようにも感じられた。

「ああ、ほんとに平熱近くまで下がってますよ。よかったですね」

看護師の声が耳に届いた瞬間、透里は思わず涙ぐみそうになった。

「ありがとうございます」

「先生にもあとで報告しておきますね。明日の回診で詳しいことをお訊きになればいいと思います」

看護師は点滴の様子を確かめてから、母の上掛けを整える。

彼女が静かに病室を出ていったあと、透里は間近でもう一度母の寝顔に見入った。

危篤状態を脱してくれたことが素直に嬉しい。

そして、そう思える自分に少しだけほっとした。

母に心配がないことを確認した透里は、再び病室を抜け出した。

先ほど見かけた男のことが気になって仕方ない。

ナースステーションをとおりすぎると、薄暗がりにいたのは、やはり海里だった。

まるで幽鬼のように立ち上がった海里に、透里は少なからず驚いた。

とにかく話ができるところまで移動しようと、無言で促す。

エレベーターで一階まで下りて、待合室まで並んで歩いた。

「様子は？」

椅子に腰を下ろすでもなく、海里が訊ねる。

「今、熱を測ってもらったところだ。峠は越えたみたいだ。でも、どうしてここへ？」

透里がそう問い返すと、海里は自嘲気味に息をつく。

昔の経緯《いきさつ》を思えば、母を憎んでいて当然だ。しかも面会時間でもないのに、ここにいるのは、家族だとでも言わない限り無理だろう。

海里は何故かはにかんだようにそっぽを向く。

いつも尊大だと思うくらいなのに、すねたような様子に、透里は胸を波打たせた。

「落ち着いたなら、早く自分の立場を思い出してください」

吐き捨てるように言った海里は、自分に背を向けたまま離れていこうとしている。

まさか、そのひと言を言うためだけに、わざわざ病院まで訪ねてきたのだろうか。

力一杯抱きつきたかった。

だが、透里は爪が食い込む勢いで両手を握りしめて、衝動を堪えた。

「海里……そのことだけど……話がある」

掠れた声を出すと、歩きかけていた海里の足が止まる。

逞《たくま》しい肩にぴくりと力が入るのがわかり、透里は唇を嚙みしめた。

今、言ったほうがいい。

そうでなければ、永遠に泥沼から抜け出せなくなる。何よりも海里のためを思うなら、きちんと決着をつけたほうがいいのだ。

ゆっくり振り返った海里は、氷のように冷ややかな表情を見せていた。

胸が抉られたように痛い。

それでも透里は辛うじて口にした。

「ぼくは、もう……戻らない」

「…………」

「戻らない、ほうがいいと思う」

透里は掠れた声でくり返した。

海里は無言でこちらをにらんでいるだけだ。

「……君には本当に感謝している。でも、もう無理なんだ……ぼくがそばにいると、君のためにもならない。だから」

「もう少し気の利いた言い訳をしたらどうですか？　もっとも、俺のほうには聞く耳などありませんが」

ようやく言い返してきた海里を、じっと見つめる。

本当は離れたくない。

そう叫びたかったが、今ならまだ僅かばかり理性が残っている。

自分がそばにいては、海里のためにならない。海里には、本来明るい世界が似合うのだ。

パーティーの時に見かけたあの可愛い女性なら、きっと海里を幸せにしてくれて……。

だから、害にしかならない自分が海里を欲しがるのは間違っている。

「海里、ぼくのことを信じられないのは仕方がないと思う。でも、これ以上歪んだ関係を続けていても、君を傷つけてしまうだけだ。……結婚、するんだろ？　あんな可愛い人が君の奥さんになるのに、ぼくみたいな者がそばにいるわけにいかないだろう」

無理やり笑みをつくって言い訳を続けると、海里の顔に激しい怒りの表情が浮かぶ。

「誰が結婚などすると言った？」

「パーティーの時……見たよ」

「だいたい俺の結婚が、あなたになんの関係がある？」

海里の言葉がぐさりと胸に突き刺さる。

そう、海里の人生は自分とは関係ない。

昔、一時的に兄弟だった。そして、大人になった今、金銭を媒介して欲望を解消するための、愛人契約を結んだ。それだけの関係だ。

「あなたは黙って金を受け取り、俺に抱かれていればいいんだ」

海里は整った顔を歪め、さらにひどい言葉を投げつけてくる。

決して本気ではないだろうに、負のオーラを増長させているのも自分なのだ。

「わかってほしい、海里……ぼくは本当に……」

透里は言おうと思っていた言葉を辛うじてのみ込んだ。

いくら口にしてもむなしいだけだ。

そして、海里のそばにはもういられない。

「そうやって、また逃げ出すのか？」

底冷えのするような声が響き、透里はびくりとなった。

けれど海里は次の瞬間、まるで捨てられた子供のように悲しげな顔になる。
「あの時と同じで、また俺を捨てるんだな……」
ぽつりと告げられた言葉に、透里は胸を衝かれた。
無意識に手を伸ばそうとしたが、海里はくるりと背を向けて、歩き出している。
「か、海里……っ!」
呻くように呼び止めたが、海里は二度と振り返らなかった。
今になって海里はやっと本音を明かした。
過去のことなど、気にした様子もなかったのに……。
――また逃げ出すのか……。
――あの時と同じで、また俺を捨てるんだな……。
頭の中で何度も何度も海里の声が響く。
怒りに満ちたというよりも、あれはすべてを諦《あきら》めきった声だ。
なのに、自分はまた海里を裏切ることになったのか……?
海里のためを思う、苦渋の選択だったはずなのに、また裏切ってしまったのか……?
長身の影が暗がりに溶け込むまで、その場を一歩も動けなかった。
残ったのは、果てしなく増大する罪の意識だけだった。

新しい薬で危篤状態を脱した母は、その後驚くほど調子がよくなり、晴れて手術を受けられるところまで快復した。

執刀は主治医の楠木教授だ。

「開腹してみないと、すべて除去できるかどうかわからない」

事前にそう断られていたが、手術前に会った教授の顔は自信に満ち溢れているようだった。

長椅子に腰掛けて、じっと手術室の赤ランプが消えるのを待つ。

途中で平野が何度も心配そうに様子を見に来たが、互いに声はかけなかった。

三時間ほど経ってランプが消え、心臓がどくんと跳ね返る。

最初に楠木教授が姿を見せ、透里ににこやかに笑いかけた。

「成功ですよ。きれいに取れました」

「あ、ありがとうございます」

透里は涙を溢れさせながら、深々と腰を折った。

教授がその場を離れると、入れ換わりに母を乗せたストレッチャーが手術室から出てくる。

透里は青白い寝顔を見つめながら、集中治療室まで一緒に移動した。

なんだかんだ言っても、自分にもまだ人間らしい感情が残っていたということか。

経過はすこぶる順調で、母は三日後にICUから個室へと戻された。

海里からの遣いだと言って山田《やまだ》弁護士が姿を見せたのは、その日の午後だった。

「お母様の手術、成功だそうですね」

母は薬を飲んで眠ったばかりだ。

声を潜めた山田を、透里は無言で談話室へと誘った。

「わざわざお見舞いいただき、ありがとうございます」

改めて礼を言うと、山田は照れたように頭を掻く。

冷静なはずの弁護士には似合わない、少年のような仕草だった。

「海里君……いや、敷島社長に言われて来ただけだよ。君に報告もあってね」

「報告、ですか?」

なんの話だと首を傾げると、山田がふいに真面目《まじめ》な表情になる。

「本日づけで君の口座にまとまった金額が振り込まれているはずだ」

「まとまった金額?」

「君からの申し出だったそうだが?」

僅かに眉をひそめた山田に、透里は目を見開いた。

「ちょっと待ってください。いったい、なんの話をされているんですか? ぼくは別に何も頼んでませんが」

海里には別れを告げた。でも、それだけだ。お金の話などいっさいしていない。

「手切れ金……とのことだったがね」

山田はため息混じりに言う。

ごたごたはもういい加減にしてほしい。そういう気持ちもあるのだろう。

「海里は、ほかに何か言ってましたか？」

「あなたの望みどおり、もう二度と会う気はない、とのことです。送金もそのためのものかと……ああ、それから、屋敷のほうは引き払わなくていいそうですよ」

「どういうことですか？」

透里は眉をひそめて訊き返した。

「お望みなら、名義を書き換える用意もあるとのことで、そうされる時は私にお知らせください。書類を用意してきます」

驚くべき展開に、透里は声もなかった。

別れるのはいい。こちらから言い出したことだ。

しかし、気前のいい手切れ金など望んでもいないし、欲しくもない。まして敷島の屋敷を譲り受けるなど、あり得ない話だ。

海里がいったい何を考えているのか、本当にわからなかった。

しかし、すべてを断るにしても、山田に伝えるだけでは、海里は納得しないだろう。

母の容態が落ち着いたら、自分で断りに行くしかなかった。

そこまで考えて、透里ははっとなった。

海里は断る道をも閉ざすために、もう二度と会わないと言ったのだろうか。

そして、もう二度と透里が金の無心に来ないように、高額だという手切れ金を寄こしたのか……。

自分から別れてくれと言い出したにもかかわらず、透里は打ちのめされていた。

素直に承諾してお金を受け取れば、海里との関係は本当に解消されてしまう。

「とにかく、私からお伝えすることはそれだけです。どうぞ、お母様をお大事に」

山田はそう言って去っていった。

透里は呆然とその場に立ち尽くしていただけだ。

海里を永遠に失う。

これは自分が望んだ結果だ。

海里のためにも、そばにいるべきじゃない。海里にはあの可愛い女性のほうが似合う。

昔、犯した罪を償いたかった。でも、それは単なる自己満足に過ぎなかった。

失った過去にこだわるあまり、かえって海里を泥沼に引きずりこんでしまった。

自分に関わっている限り、海里は幸せにはなれない。

そう思ったからこそ、自分から別れを切り出して……。

なのに、いざそれが現実となると、ひどい動揺に見舞われる。

もう二度と海里に会えない。

抱かれることはおろか、触れることとさえ叶わず、声を聞くことも、顔を見ることもできない。

それは自分という人間をこの世から消し去るに等しかった。

「……はは……あはは……」

透里は虚《うつ》ろな笑い声を響かせた。

涙など出てこない。出てくるはずもなかった。

海里のいない世界では、自分は死人も同然だ。生きながら死んでいるのだから、涙が出ないのも当然のことだった。

今になって、透里は嫌というほど思い知らされていた。

自分は母とそっくりだ。

†

どれほどの時間、その場に立ちっぱなしでいたか、それでも最後に残った義務感から、透里はそろそろと母の病室に向かった。

ノックもせずにそっと室内に身体を滑り込ませると、そこには主治医の楠木がいた。

回診の時間でもないのに、また母の具合が急変したのだろうか。

不安を過ぎらせた透里に、楠木はにこやかな笑みを向けてきた。

「ちょうどよかった。透里君、君に報告があるんだ。ぼくから話しても？」

楠木はそう言って、ベッドに横たわる母に確認する。

先ほどまで眠っていた母は、やつれた顔に淡い微笑を浮かべた。

なんだか印象が違う。

違和感に襲われた透里は首を傾げた。

「それじゃぼくから言おう。透里君、私たちは結婚することにした」

誇らしげに言う楠木に、透里はぽかんとなった。

「結婚……？」

「ああ、そうだ。結婚する。式を挙げるのは千鶴さんの快復を待たなければならないが、そう長いことではないよ。お母さんとの結婚、許してくれるか？」

ふいに真面目な表情になった楠木が言う。

いったいなんの冗談だと言いたかった。しかし、楠木は極めて真剣な様子だ。

透里は楠木から母へと視線を移した。

また母は流されているだけではないのだろうか。

昔の恋人以外にはなんの関心もない。それは疑う余地もない。

楠木は母の本当の気持ちを知っているのだろうか。

「母さん、ぼくは」

賛成できない。

そう言いかけた口を、透里は途中で噤《つぐ》んだ。

母は珍しく真っ直ぐに見つめ返してくる。

「透里……あなたはもう私の息子じゃない……それで、いいわね？」

母の口から出たのは、信じられないような言葉だった。

「千鶴さん、それはまたずいぶんきつい言い方だね。そういう時は、お母さんの幸せを願ってほしい。そう言ったほうがいいよ」

楠木は呆れたように諭したが、母はにっこりとした笑みを向けただけだ。

そこにいるのに、手を伸ばしても届かない。

母はそういう人だった。

だが、今の母は何故か、ありありとそこにいると感じられる。

危篤状態から脱し、大手術を終えたせいで人生観が変わったのか、それとも楠木の影響か、母は今までとはまったく別の人間になったように見えた。

「透里は私の子供です。だから、あの言い方でいいのです」

他人には理解できない言い方に、楠木はやれやれといった様子を見せる。

だが、透里は確実に理解した。

母は、もう息子じゃないという言い方をすることで、果てのない泥沼から透里を解放しようとしたのだろう。

もう親子という柵《しがらみ》に縛られる必要はない。

透里は透里で自分の人生を生きろ。

そういうことなのだろう。

最後まで身勝手なやり方だが、いかにも母らしい。それに自分が母とそっくりだとの自覚のある今は、何を聞いても一片の怒りも湧かなかった。

「母のこと、よろしくお願いします」

透里はそう言って、楠木に深々と頭を下げた。

頭ではちらりと海里のことを考えていた。

やはり、このまま海里を失うのは嫌だ。

最後にせめて、もう一度だけでもいいから海里に会いたいと――。

9

春先の風はまだ冷たく、コートを着ていても震えがくるほどだ。

透里はＳＨＩＫＩＳＨＩＭＡコーポレーションの本社社屋を見上げつつ、かじかんだ両手に無意識に息を吹きかけた。

昨日、退院した母と楠木が結婚式を挙げた。

正直言って、ふたりの関係はいつまで続くかわからない。だが、義務で育てなければならなかった息子、その柵がない今は、案外長続きするのかもしれない。

いずれにしても、母の人生だ。好きなように生きていけばいい。

問題は、母から解放された自分のほうだ。

生きる目的など何もない。

海里を失えば、自分には何も残っていなかった。

だが、からっぽになったはずの胸の奥には、いまだに海里を思う気持ちが潜んでいる。

幼い頃に失った愛しい存在を取り戻す。

お金のやり取りが加わったせいで話が複雑になったけれど、最初に抱いた望みはそれだけだった。

次には海里の幸せのためという大義名分を掲げて、自分のほうから別れを切り出した。

それなのに、海里が漏らした本音でまた動揺し、決意を鈍らせた。

決定的だったのは、手切れ金を送られたことだ。もう二度と海里に会えなくなると思い知らされて、生きている意味さえ失った。

自分という人間は、本当にどうしようもない。

だが、同じくどうしようもない母は、見事に生き方を変えてみせた。少なくとも、自分という息子を切り捨てることで、前へ進もうとしている。

それに比べて自分のほうはどうなのだろう。

何かあるたびに気持ちをぐらつかせ、迷ってばかりだった。それに、海里を欲しいと言いながら、彼の気持ちを得るために死ぬ気で努力したこともない。

だから、せめて最後に一度ぐらい本気でぶつかってみてもいいのではないか。

透里はようやくそんな気になっていたのだ。

海里にもう一度会う。

今までろくに伝えられなかった気持ち、それを聞いてもらいたい。

信じてもらえるとは思ってないが、最後にもう一度だけ、本心を訴えたかった。

「いらっしゃいませ、敷島様」

自動ドアを抜けたところでコートを脱いで近づいていくと、見覚えのある受付嬢がにこやかに声をかけてくる。

以前訪ねた時のことを記憶していたのか、それとも創立記念パーティーで海里が誰彼なくつかまえて兄だと言いふらしたお陰か、来訪の目的を訊かれることもなかった。

「少々お待ちくださいませ……こちら一階の受付です……ただ今、敷島透里様がお見えになっておられます……」

透里は胸のうちでため息をついた。

どうせ、門前払いを食うに決まっている。

しかし透里は、一度で引き下がるつもりはなかった。

海里に会えなければ、自分はこの先、生きながら死んだも同然になる。

だから、これは背水の陣だ。

しかし、驚いたことに、受付嬢はにこやかに、秘書がお迎えにまいりますと告げたのだ。

狐《きつね》につままれたような心地でいると、厳しい表情の鳥飼が姿を現す。

「どうぞ、ご案内いたします」

慇懃に頭を下げた鳥飼に続きながら、透里はまだこの事態が信じられなかった。

「あの、どうして海里はぼくに会ってくれると？」

「理由は直接お訊ねください。私は一介の秘書ですので、口出しできる立場ではございません」

鳥飼はいかにも不服そうにそう答える。

これは鳥飼が望んだ結果ではないのだろう。

とおされたのは最上階にある海里のオフィスだった。

「お連れしました」

鳥飼は短く声をかけて透里を中へと入れる。

続けてバタンとドアが閉じる音が響き、透里はひとり室内に残された。

大きく取ったガラス窓の前に立ち、外の景色を眺めている長身の男がいる。

男らしい後ろ姿を目にしただけで、涙腺がゆるみ涙が滲《にじ》む。

海里の背中は完全に自分を拒絶している。

だが透里は、怯みそうになる己を叱咤《しった》して、すっとその海里に近づいた。

「渡すものがあって、来た」

「………………」

海里からの返事はない。

透里はぐっと奥歯を嚙みしめて、さらに一歩近づいた。

「母は主治医と結婚した。だからもうぼくとは関係がない。渡すものは、通帳と印鑑とキャッシュカード、それから携帯端末と学生証、あとマンションと屋敷の鍵……ぼくが持っている物はこれですべてだ」

透里はそう言いながら、デスクの上に次々と品物を載せていった。

コトコトいう音を聞き、さすがに海里が振り向く。

透里はすかさず、その場に跪《ひざまず》いた。

「な、何をする?」

驚いた海里が声を荒げる。

その両足を、透里はぎゅっと両腕でかかえ込んだ。

「海里、ぼくにはもう何も残っていない。大学も辞める。春休みで手続きはできなかった。でも、研究も論文も捨てる。ぼくの取り柄なんてそれだけだ。あとは何も残ってない。海里、だから、もう一度ぼくを君の愛人にしてほしい」

「離せ! 今さらむしのいいことを言うな」

「離さない。ぼくにはもう海里しかいない。帰れと言われても、行くところがないんだ」

「金もやった。屋敷もやった。それなのに、帰る場所がないだと? これ以上何が欲しい? 何を搾り取りに来た?」

怒りを爆発させた海里に、必死にしがみつく。

乱暴に腕を引っ張られても、透里は夢中でしがみついていた。

「ぼくが欲しいのは君だけだ。海里。ほかには何もいらない」

「俺がそんな言葉を信用するとでも思っているのか? もうたくさんだ。帰ってくれ」

「ぼくをもう一度君のそばに置いてほしい。願いはそれだけだ。愛してるんだ、海里。君のそばにいられないなら、もうぼくは死んだも同然だ。だから、海里、お願いだ。もう一度ぼくを愛人にしてほしい」

「馬鹿なことを」

「ずっとじゃなくていい。君が結婚するなら、それまでの間でいい。一年、いや半年だっていい。ぼくのことが気に入らなければ、いつでも捨てていい。だから、もう一度だけぼくをそばに置いてほしい。愛してるんだ、海里」

透里は涙を溢れさせながら、切々と訴えた。

それでも拒絶されれば、もうあとは生きる希望すらなくなる。

だが、強ばっていた海里の身体から徐々に力が抜けていく。

「信じられると思っているのですか?」

悲しげに言う海里に、透里はさらに涙を溢れさせた。

「信じてもらえるまで何度でも言う。愛してる。愛してる。愛してるんだ、海里……」

海里はびくとも動かずに黙り込む。

ふと気づくと、海里の大きな手がすぐそばにある。

透里は無意識でその手に頰ずりした。

するとびくりと反応があって、その手が振り払われる。

透里は再び夢中で海里の両足に縋った。

これでも信じてもらえなかったら、どうしよう。

ふいに襲ってきた恐怖で身体が震える。

だが、次に感じたのは、海里の手の温かさだった。

濡れた頬に手が当てられて、涙を拭われる。

唇を震わせながら見上げると、海里が悲しげに見つめ下ろしているのと視線が合った。

「裏切られるのはもう懲《こ》り懲《ご》りだ。あなたにはなんでもないことかもしれませんが、信じた相手に裏切られるのはどれほどの苦痛か……」

「海里……」

そっと名前を呼ぶと、海里が仕方なさそうにため息をつく。

そして両脇《りょうわき》の下に手を入れられて、ぐっと立ち上がらされた。

向き合って立っていても、海里の顔は見上げなければならない。

「俺はあなたを信じない」

「うん、わかっている」

「いつか、あなたは俺から離れていく」

悲しげに言われ、透里はゆっくり首を振った。

「ううん、絶対に離れない。ぼくにはもう海里だけだ。それを信じてもらうのはむしがよすぎる話だとわかっている。でも、信じてもらえるまで何度でも言う。愛してるんだ、海里……あの日、待ってるって約束したのに、母を止められなかった。ぼくを許してほしい。海里がどんなに悲しい思いをしたかと、ずっと、ずっと気にかかっていた。いつか会えたら許してもらいたいと、ずっと忘れたことなどなかった」

「……兄さん」

「ぼくを……許してほしい、海里」

「わかってますか？　裏切られるのが怖い理由……」

しみじみとした声で問われ、透里はまた胸を震わせた。

「……わかって、いる……」

透里はそう囁いて、海里の胸に自分の顔を埋めた。

裏切られるのが怖いのは、失いたくないからだ。

海里は子供の頃からずっと、自分を好きでいてくれた。

その証《あかし》に違いなかった。

今の思いは子供の頃のそれとは違うのかもしれない。

でも、海里も自分と同じ執着を感じていることだけは間違いがない。

「自分をつくづく馬鹿だと思います。あなたのように最低な人を手放せないとは」

「それなら、そばにいることを許してくれるのか？」

透里はいちだんと胸を震わせながら海里を見上げた。

「いいですよ。俺の愛人になるのが、あなたの望みなのでしょう?」

こくりと頷くと、海里がふわりと微笑む。

「でも、断っておきますが、もう二度と逃がしたりしませんから」

「うん、わかってる」

「未来永劫……」

「うん」

かすかに頷くと、海里が整った顔を近づけてくる。

そっと口づけられて、透里は陶然となった。

キスはすぐにほどけたけれど、これは海里に受け入れられた契約の証。

少し前までは、出口を求めて泥沼の中を彷徨《さまよ》っていた。

でも、今はふたりで同じ泥沼に身を沈めた、その証だ。

世間一般の恋人たちとは正反対で、誇れるような明るさはない。

でも、これもひとつの愛の形なのだろう。

「海里、ひとつだけ言っておきたい」

「なんですか?」

「母は、君を嫌って屋敷を出たんじゃないんだ」

海里はいったいなんのことだというように片眉を上げる。

それには応えず、透里は問いを重ねた。

「海里、あの夏の日、君はどの帽子を被っていた？」

「白い帽子……あなたのお母さんが買ってくれた帽子です」

「そうか……やっぱり白い帽子か……」

透里は胸の閊《つか》えが下りたように微笑んだ。

「何がおかしいんですか？」

「なんでもない」

そう答えて海里に身を寄せる。

ふわりと包み込むように抱きしめられて、また少し涙が滲んだ。


――了――

愛情誓約

†

「透里《とおり》……兄さん」

敷島海里《しきしまかいり》は掠れた声で呼びかけながら、愛しい人をそっと抱き寄せた。

広い部屋の窓際に据《す》えられたベッドに、並んで腰を下ろしている。

白いレースのカーテンがかかった窓からは、やわらかな陽射《ひざ》しが射し込んでいた。

「海里……」

小さく答える声とともに、身体《からだ》をよじるようにして細い腕が伸ばされる。

求めているのは自分だけじゃない。

強く確信できることが、どれだけ嬉《うれ》しいか。

海里は満ち足りた思いで腕の中の透里を強く抱きしめた。

心の底から求めてやまなかった人。子供の頃に捨てられて以来、絶対に自分のものになることはないのだ。そう思い込んでいた人がそばにいる。

手に入らないからこそ、ずっと求めずにはいられなかった。

狂おしいほど憧《あこが》れて、焦がれるほどに渇望し……それがようやく実を結び、このしなやかな身体を抱きしめている。

それがどんなに幸せなことか……。

一時はあまりの苦しさに、もう追い求めるのはやめようと思いつめた。

どうせ手に入らぬのなら、もう諦《あきら》めてしまおうかとまで思っていた。

この人を失えば、あとに待つのは果てしなく空虚な日々だ。

身体だけは規則的に動くかもしれないが、心は死に絶えてただ息をしているだけの存在と成り果てる。

そうわかっていても、自由にしてあげるほうが、この人のためなのだとも思っていた。

けれど、とうとう奇蹟《きせき》が起きて、憧れの人が自ら身を投げかけてくれたのだ。

父から継いだ会社の経営には常に力を注いできた。

その会社さえ放り出して、憧れた人の手を取り、屋敷まで戻ってきた。

社長室を出る時、秘書の鳥飼《とりがい》が見せた苦り切った顔を思い出すとおかしくなる。

しかし、すべてを投げ出して、自分だけを求めてくれた人に応えるには、そうするしかなかったのだ。

海里は細い顎《あご》に手をかけて、まじまじと精緻《せいち》に整った顔を見つめた。

真《ま》っ直《す》ぐに伸びた眉《まゆ》と形のいい鼻、切れ長でくっきりとした双眸《そうぼう》。それらが、文句のつけようのないほどきれいに整った輪郭の中に収まっている。

だが、いくらきれいでも、女のそれとは違う。透里の美しさは硬質だ。

一見すれば冷たい印象を抱《いだ》く美貌の顔。

けれども、その顔には優しげな微笑が浮かんでいる。

やわらかくほころんだ口元に目が行ったとたん、抑えが利《き》かなくなり、海里は我慢できずに唇を重ねた。

「んっ……ぅぅ」

くぐもった呻《うめ》きを漏らした透里を、さらに強く抱きしめながら濃厚なキスを仕掛ける。

細い顎をとらえて口を開かせ、口中に舌を滑り込ませて淫《みだ》らに絡《から》ませた。

「うんっ……ふ、……んっ」

互いの唾液《だえき》が混じり合うと、思わぬ甘さを感じる。キスしているだけで、頭の芯《しん》まで蕩《とろ》けてしまいそうな甘さだ。

口中深くまで舌をこじ入れて、思うさま舐《な》めまわす。歯列の裏や頬《ほお》の粘膜まで舌先でそろりとすべてを探っていく。

透里は細い腕を首にまわし、自らも舌を絡めてキスを貪《むさぼ》っている。

自分だけじゃない。透里もこの行為を望んでいる。

そう思うと、身内を駆け巡る興奮がいっそう高まった。

「兄さん……」

唇を離して、上からじっと見つめると、透里も潤んだ目で見つめ返してくる。

「海里……」

掠《かす》れた声が耳に届いたと同時に、しなやかな身体をベッドに押し倒した。

スーツの上着を脱がせ、ネクタイもほどく。シャツのボタンを外すと、傷ひとつない肌理《きめ》の細かい素肌が覗《のぞ》く。

しっとりとした肌に指を滑らせていくと、白い顔がうっすらと染まり、切れ長の瞳も潤んでくる。

「きれいだ。兄さん……」

上ずった声で呼びかけると、透里は恥ずかしげに首を振る。

血の繋《つな》がりはない。子供の頃、一年ほどの間、兄弟として一緒に暮らしていただけだ。

だが、透里は「兄さん」と呼びかけるたびに、顕著な反応を示す。

男同士で繋がる羞恥《しゅうち》に加え、兄弟の禁忌を犯すことでもいっそう恥ずかしさを感じるのだろう。

シャツを左右に開くと平らな胸が剝《む》き出しになる。白い肌の中で、薄赤く色づいた粒が扇情的に存在を誇示している。

海里は誘われるように、その赤い粒を指でつまみ上げた。

「んっ」

くぐもった喘《あえ》ぎとともに、透里がびくっと身を震わせる。

敏感に応える透里に、いっそう愛《いと》しさが増す。

「相変わらず、ここ、好きなんですね。気持ちよさそうだ」

言葉で羞恥を煽《あお》りながら乳首を揉《も》みこむと、透里の肌全体が薄赤く染まる。

海里はその様を目にしただけでかっと身内を熱くした。

情欲を抑えられず、透里の上に身を伏せて、赤みを増した乳首を口に含む。

先端を吸い上げると、透里の口からは明らかな嬌声《きょうせい》がこぼれた。

「あっっ……ああっ」

「やっぱり好きなんだ、ここ」

舌でねっとり舐め上げて先端を濡らし、そのあと歯を立てて甘嚙《あまが》みする。

「ううっ、……ふ、くっ……ぅ」

羞恥を感じているのか、透里は首を振りながら細い身体をくねらせる。

女性のように乳首だけで感じさせられるのが恥ずかしいのだろう。

海里はふっと笑みを浮かべ、透里の下肢《かし》へと手を伸ばした。

すでに感じているらしく、スラックスの中心が膨らんでいる。

手早くベルトをゆるめて、下着ごとそのスラックスを引き下ろす。

「すごいですね。乳首だけでこんなに感じたんですか」

すっかり形を変えたものを外に出してやると、透里の顔がさらに赤くなる。

「い、言うな……っ」

すねたように顔を背《そむ》けた透里が、可愛くてたまらない。

海里はくすりと笑いながら、再び透里の乳首を口に含んだ。

今度は張りつめた中心も手でしごき上げてやる。

指を先端に滑らせると、そこからはとろりと蜜が溢《あふ》れていた。口中の粒もきゅっと固くしこっている。そのままそっと噛んでやると、透里がびくんと腰を震わせる。

「んっ……んぅ……あ、くっ」

喘ぎ声もいちだんと甘くなって、海里はますます興奮を抑えられなくなった。

乳首から平らな腹を伝って臍《へそ》の窪《くぼ》み。それからもっと下へと舌を滑らせていくと、透里の中心はますます固く張りつめる。

海里は、興奮した状態でもどこか上品なものをしばし観賞した。

眺めているだけで、先端にじわりと蜜が滲《にじ》んでくる。

「嫌、だ……、海里……み、見るな……っ」

透里は恥ずかしげに首を振った。

だが、我慢などできるはずもない。海里は先端の蜜を舌で舐め取り、そのあと張りつめたものをすっぽりと口に咥《くわ》えた。

「ああっ、あ、あ、……くっ」

透里がくぐもった叫びを漏らしながら、びくりと大きく腰を浮かす。

顕著な反応に満足を覚えながら、濃厚な口淫を開始した。

口を窄《すぼ》めて根元からゆっくり擦《こす》り上げる。先端を舌で舐める時は、手も使って幹をしごく。

だが、いくらもしないうちに、透里が激しく身体をよじる。

「ああっ、だめだ……っ、もう、達《い》く……っ」

切羽詰まった様子に、海里はいったん口を離した。

顔を上げると、透里はまぶたを薄赤く染め、必死に見つめてくる。

恐ろしいほどの色っぽさに、息をのみそうだった。

「兄さん……」

「か、海里……ひとりだけで達きたくない……だから、ぼくも……」

懸命に訴えてくる透里に、胸が熱くなる。

疑いが強かった頃は、こんな媚態《びたい》に騙《だま》されるものかと思っていた。

だが、今は素直に求めてくれることが嬉しい。

「じゃあ、一緒に」

そう声をかけると、透里は恥ずかしげに、うん、と頷《うなず》く。

海里は素早く着ていたものを脱ぎ去った。

そうして、ベッドに身を横たえて、透里の身体を自分の上に乗せる。腰に手を添えて誘うと、透里は素直に後ろ向きになった。

「俺の身体を跨《また》いで」

短く言うと、透里の身体がまたいっそう赤みを増す。

しかし、それでも透里は羞恥を堪《こら》えながら、海里の身体を跨いだ。

秘めた場所が海里の視線にさらされる。その恥ずかしさに耐えている様子がいじらしい。

それでも透里はそっと海里の滾《たぎ》ったものを握ってきた。

「くっ」

先端を舐められると、思わず息をのんでしまう。

透里は、先ほど自分がされたやり方をなぞるように、張りつめたものに刺激を加えてきた。

深く咥えられると、ひときわ強く情欲が噴き上げてくる。

目の前で、秘められた場所が揺れているのを目にすると、もう理性など吹き飛んでしまうようだった。

海里は、透里の足を目一杯開かせて、固く閉じた窄まりに長い指を沿わせた。

「ううっ、う、くっ……ぅ」

とたんに、透里が大きく仰《の》け反る。その瞬間、窄まりの中にぐっと指を深く挿し込んだ。

前立腺のあたりを狙《ねら》って、ぐいっと抉《えぐ》る。

「やっ、ああっ！」

透里はいちだんと高い嬌声を放ちながら、ぎゅっと指を締めつけてきた。

前にも手を添えて揉みしだいてやりながら、中の指を掻《か》き回す。すると透里はすぐに口淫どころではない有様になった。

「ああっ、あっ……あ、くっ、うぅ」

海里のものを握っているのが精一杯といった様子で、断続的に声を上げている。

海里ももう我慢がきかず、指で道をつけただけで、後孔への愛撫《あいぶ》を止《や》めた。

「兄さん」

そう呼びかけながら、指を抜き取ると、透里の口からも切羽詰まったような声が漏れる。

「か、海里……っ」

海里は素早く身体を返して、透里の上にのしかかった。

片足を高く持ち上げると、透里も腕を伸ばして抱きついてくる。

「もう、絶対に離さない。あなたのすべては俺のものだ」

海里は狂おしく告げながら、滾ったものを蕩けた場所に押しつけた。

「んっ、……愛、して……るっ」

透里は切れ切れに訴えながら、身体の力を抜く。

「兄さん……」

海里はこれ以上ないほどの幸せに酔いながら、愛してやまない者の中に自分の身を沈めた。

今はまだ告げる勇気がない。
まだ、この幸せが現実のものだと信じ切れないからだ。
けれど透里は、一番奥深くまで自分を受け入れてくれる。
愛しい人とひとつに繫《つな》がる。
今はその幸せをただ精一杯に嚙みしめたかった。

†

人とは裏切るものだ。

敷島海里は生まれて僅《わず》か八年でそう思い知らされた。

しかも、優しい顔をして優しい言葉をかけてくる者ほど、平気で人を裏切る。

それを海里は八歳の時に学ばされたのだ。

四歳で母を亡くした海里は、父とふたりの生活を続けてきた。

母の愛を知らずに育ったことに関しては、別に不満があったわけではない。

しかし、光学機器の会社を経営する父は常に多忙だった。たまの休みがあれば、一日中でも海里につき合ってくれるが、その休みがなかなか取れない状態だった。だから、自分でも気づかないうちに寂しい思いをしていたことは確かだ。

小学校に行っている間は友だちがいる。だが、放課後一緒に遊んだとしても、暗くなる前には皆、それぞれの家へと帰って行く。家族が待っているからだ。

たまには友だちの家へ遊びにいく子供がいる。しかし、海里の家には誰も遊びに来ない。皆、一度遊びに来ると、二度と訪ねてこなかった。

海里は自分が嫌われているからだろうかと不安に思ったが、クラスメイトのひとりがぽつりと漏らした言葉で、避けられていた理由を知った。

「お金持ちの家には遊びに行くなって、言われてんだ。うっかり物でも壊したらどうすんの、弁償なんかできないんだからねって、さ」

クラスで無視されたり、虐《いじ》められたりしたわけじゃない。だが、その友人の言葉は、海里に疎外感をひしひしと感じさせるに充分だった。

しかし、海里が家で独りぼっちだったかというと、そうではない。

海里の家にも人はいた。家政婦やそのほか屋敷の雑用をこなす者たちだ。彼らはよく海里に声をかけてくれたし、優しくもしてくれた。それでも家族とか友人ではない。だから、心の隙間《すきま》は埋めようがなかったのだ。

だが海里が七歳の時、そんな日々に大きな変化が訪れた。

父が再婚したのだ。

新しく母親となったのは、とても優しげで、またため息が出そうなほど美しい人だった。

「海里、新しいお母さんだ」

父にそう紹介された時、海里は恥ずかしさと嬉しさがない交ぜになり、顔を真っ赤にした覚えがある。

だが、もっと胸がドキドキしたのは、そのお母さんの後ろに立っていた子供と目が合った時だ。

「透里君だ。海里のお兄さんになってくれる。仲よくするんだぞ。透里君、これが海里だよ。君のふたつ下になる。仲よくしてやってくれ」

父はそう言って、ふたりの子供を引き合わせたのだ。

二歳年上の子供は、その母親に負けないほどきれいな顔立ちをしていた。

身体つきは華奢《きゃしゃ》なほうで、身長は海里より少し高い程度。澄んだ瞳でじっと見つめられると、とたんにどぎまぎしてしまう。

「よろしく、海里君」

にっこり笑いかけられたと同時に、海里は新しくできた兄に夢中になっていた。

それからの一年は、夢のように過ぎていった。

父は新しくできた家族のためか、帰宅を遅らせないように気をつけていたし、以前よりずっと朗らかに笑うことが多くなった。

海里は海里で、きれいな兄ができたことが自慢でたまらず、学校でもよく上級生のクラスに顔を見に行ったほどだ。

新しく母になった人は無口で、すぐに打ち解けるといった雰囲気ではなかったが、兄は別だ。

名前も「透里」で、本当に血の繋がった兄弟のように思い、海里の中にあった寂しさはきれいに払拭《ふっしょく》されていたのだ。

放課後は広い庭や公園で遊びまわった。父に天体望遠鏡を買ってもらい、ふたりして夢中だったこともある。父までが子供のように目を輝かせ、三人でよく星空を眺めていた。

しかし海里が何よりも嬉しかったのは、透里が身をもって自分を助けてくれたことだ。

公園で透里を待っていた時、透里と同じ五年生数人に絡まれたことがあった。

下級生のくせに毎日のように上級生の教室に顔を出すな。生意気だ。

そんな感じのことを言われ、口論になった。

透里の顔を見に行くのを止めろと言われても従えない。それにエスカレートした上級生たちは、あろうことか透里の悪口まで言い始めたのだ。

かっとなった海里はひとりで上級生たちに突進していった。相手はふたつも年上で体格がいい。しかも五人もいたのだが、我慢できなかった。

だが、多勢に無勢で勝てるはずもなく、海里はぼこぼこに殴られただけだった。

しかし、そんな中に透里が飛び込んできたのだ。

「ぼくの弟に手を出すな！　海里を虐めるなんて絶対に許さないからな！」

透里は顔を真っ赤にして怒っていた。

それを見たとたん、涙がどっとこぼれた。

殴られて痛かったせいじゃない。透里の言葉が嬉しくてたまらなかったのだ。

そのあと、結局ふたりしてぼろぼろにされてしまったけれど、屋敷へ戻る道で透里が手を繋いでくれて、それも本当に嬉しかった。

家で出迎えた新しいお母さんは、気絶しそうに青くなっていたけれど、予想に反し、怒られはしなかった。どうなさったんですかと、おろおろしていたのは家政婦の吉井だけだった。

　だが、ふたりとも顔を腫《は》らしていたせいで、夕食の席では、父親にも何があったと詰問される。

海里は胸を張って答えた。

「ぼくが虐められてたら、お兄ちゃんが助けてくれたんだ」

父はとたんに目を細める。

「そうか、そうか……お兄ちゃんが助けてくれたのか。おまえたちは名前も似ているし、本当の兄弟みたいだな」

そう言った父の言葉が誇らしく、海里はじっと痣《あざ》だらけになった兄の顔を見つめた。

視線が合ったとたん、お互いに吹き出してしまう。

「海里、可愛い顔が台なしになってる」

「お兄ちゃんこそ、きれいな顔がひどいよ」

父は笑い合うふたりを満足そうに眺めていた。

「おまえたちは男の子だ。喧嘩《けんか》ぐらいどうってこともないが、ほどほどにしておきなさい。お母さんが心配する」

血の繋がりはないけれど、本当の家族――。

あの時の海里は心からそう信じていた。

そして、その出来事が、裏切りの予兆だったことに、気づきもしないで幸せに酔っていたのだ。

†

微睡《まどろ》みの中で不安を感じ、海里はふと目を覚ました。

だが、素肌に直《じか》に他者の体温を感じる。海里の脇《わき》に顔を埋めるようにして、透里が気持ちよさそうに眠っていた。

透里はちゃんとそばにいる。

海里は心から安堵《あんど》した。

上掛けを引き揚げると、きれいな横顔にうっすらと微笑が浮かぶ。

起こしてしまったかと思ったが、透里の規則正しい寝息は変わらなかった。

心から慕っていた透里との別れは唐突にやってきた。

あの日のことは十五年経《た》った今も忘れていない。

ころだった。

†

二階の窓から何気なく外を見ると、透里が白いワンピースを着た母親と一緒に出かけるところだった。

自分に声もかけないで、どこへ行くんだろう？

ふいに不安に襲われた海里は、急いで階段を駆け下りた。

「ねえ、どこへ行くの？」

透里とは違って、母親のほうとはあまり打ち解けた関係を結べていない。

きれいな顔にありありと浮かんでいたのは、困ったわねといった表情だった。

「海里ちゃんはだめよ。連れていけないわ」

冷ややかに告げられた瞬間、海里は叫んでいた。

「やだ、ぼくもいっしょに行きたい。お兄ちゃんといっしょがいい」

本当の親子じゃないという遠慮があって、今までなるべくわがままを言わないように努めてきた。しかし、この時の海里は何かに追い立てられているかのように不安だったのだ。

だから透里が庇《かば》ってくれた時は、心底ほっとなった。

「ねぇ、お母さん。海里も連れていってあげて。海里はすごくいい子だから、悪いこともしないし、じゃまだってしないよ？　きっとおとなしくしてるから、いいでしょ？」

真剣な顔つきで頼んでくれた透里に、海里は泣きそうだった。

何があったとしても、透里はちゃんと味方をしてくれる。

そう信じられたからだ。

だから、帽子を取ってくれれば連れていってあげると言われた時も、その言葉を疑いはしなかった。

急いで自室に駆け戻り、白い帽子をつかんでまた部屋を飛び出す。

でも、前庭に戻った時、ふたりの姿は消えていた。

それでもまだ信じていた。

きっと待ちきれなくて、先に歩き始めただけだ。走っていけばすぐに追いつく。

車を使わなかったのだから駅へ向かったに違いない。海里はそう推測して、全速力で走り出した。

しかし、丘から駆け下りてもふたりの姿は見えず、どこかで行き違ったのかと心配になってまた屋敷まで駆け戻った。

約束したのだから、ふたりは必ず待っている。

お兄ちゃんが嘘《うそ》をつくはずがない。

海里は最後までそう信じていた。

暗くなるまでふたりを探してへとへとになり、父が帰ってきてショックを受けたような顔を見せても、まだ裏切られたことに気づかなかった。

何か事情があって先に行っただけだ。帰ってきたら、透里はすぐに、ごめんねと謝ってくれるはず。

だから、その時は笑顔で平気だよと言ってあげよう。

そんなことまで思っていたのだ。

しかし、一気に老け込んだような顔の父が、手にしたメモをくしゃくしゃにして、ぎゅっと抱きしめてくる。

「海里……すまない……お母さんと透里は出ていった」

耳に届いた言葉が理解できなかった。

透里と母親が、自分たち親子を捨てていったという事実を認めるには、一週間近い時間が必要だったのだ。

優しく笑っていた透里の顔……最後に振り返った時見せたのは、心配そうな顔だった。

「そんなに慌てちゃだめだ。転んじゃうぞ。やっぱりぼくもいっしょに行くから」

透里はそんなふうに声をかけてくれたのに、それも嘘だった。

あまり親しむことのなかった母親のことは、すぐに忘れられた。

けれど、心から慕っていた透里のことは、忘れようとしても忘れられなかった。

兄と慕う気持ちは、裏切り者に対する憎悪となり、長い年月を経て諦念へと昇華した。

だが、透里という名の存在を忘れたことは一度もなかった。

†

それから七年近く経って、海里は初めて透里親子の消息を知る機会を得た。

屋敷に顧問弁護士が訪ねてきた時、父との会話を偶然耳にしたのだ。

「……透里君は優秀で、……大学への入学が決まったようです」

「そうか……それは優秀だな」

海里は分厚い扉の影でどきりとなった。

弁護士は今確かに「透里君」と言った。

盗み聞きはマナー違反とわかっていたが、海里は一歩もその場から動けなかった。

それで知ったのは、父が離婚後も透里の母親との関係を続けていたという事実だ。

海里は驚いたが、内緒にされていたことにはさほど腹も立たなかった。父の愛情は疑ったことがないし、いわゆる大人の事情というやつが介在してのことだろうと推測できるぐらいの年齢にはなっていたからだ。

それよりも気になって仕方なかったのは、透里の消息だった。

……大学に入学――。

大学は四年間。自分も同じ大学に行けば、また透里に会える。

脳裏を掠《かす》めた考えに、心臓の鼓動が高くなる。

そして、その日を境に、海里の思いは再び透里へと向かい出したのだ。

受験勉強に身を入れて、最難関といわれる大学に自分も入学を果たす。

その原動力となったのは、透里にもう一度会いたいという強い思いだった。

しかし、いざ同じ大学に通い始めても、すぐさま感動の再会となったわけじゃない。

海里が初めて透里の姿を見かけたのは、入学してまもなくのことだった。
一、二年の間は一般教養課程で、講義を受ける場所も違う。だが、海里は機会を見つけて、透里が通う理学部近くを歩いていた。
期待どおりに、細身だが遠くからでも人目を引く男が理学部棟から出てくる。

その頃の海里はすでに長身となっており、子供っぽさも抜け、常に女子学生に取り囲まれている状態だった。

構内は広く、すれ違ったといっても、距離は二〇メートル以上離れていた。

それでも、ちらりと見かけた透里の姿にどきりと心臓が跳ね返る。

続いて襲われたのは、胸が痛くなるような焦燥《しょうそう》だった。

海里はひと目でわかったのに、透里は気づいてもいない様子だ。

たった一年間、兄弟だっただけだ。

それでも海里は心の底から透里を慕っていた。

透里は憧れの兄で、大好きで、何物にもかえがたい存在だった。

最後には裏切られ、捨てられてしまったが、それでも一日たりとて忘れたことはなかったのだ。

だが、透里は気づきもしなかった。

「ねえねえ、あそこ歩いてった人、もしかして理学部三年の敷島先輩？」

何気なく声を発したのは、一般教養でいつも同じ講義を受けている女子学生のひとりだった。

耳に飛び込んできた名前にぎくりとなる。

「あっ、そうだよ。間違いないよ。理学部のプリンス敷島透里。氷の女王って呼んでる人も多いらしいわ」

「そうなんだ。じゃ、私たちってもしかして今日は超ラッキー？　一緒に歩いてるのがキングって呼ばれる敷島君で、もうひとりのクイーン敷島まで見れるなんてさ」

女子学生たちの興奮度合いが一気に上昇する。

「ったく、女どもはこれだから」

「男は見てくれじゃねえっつーの」

煽られた男子学生のほうも、負けないように騒ぎ始める。

そんな中で、動揺していた海里はなんとか自分を取り戻した。

透里の母親は離婚後も敷島姓を名乗っている。ただそれだけのことだ。

「ところでさ、あっちの敷島もおまえと似たような名前だな。もしかして関係あり?」

さりげなく訊《たず》ねてきたのは、高校時代からの友人だった。

海里はほっとひとつ息を吐いてから笑みをつくった。

「別に、ただの偶然だろ。敷島は珍名でもないしな」

「そっか、ただの偶然か……にしてもすげぇ偶然だな。我らの敷島君がキングで、あっちの敷島先輩がクイーンだって? 知らない奴が聞いたら、美男美女のカップルだって思うかもな」

友人の言葉でまたどきりと鼓動が鳴る。

脳裏には、壮絶にきれいになった男の顔が浮かんでいた。

†

天文学科に席を置く敷島透里は、何かと話題になる学生だった。

本人は淡々として、いかにもストイックな研究者といった雰囲気だという。

母親とふたり暮らしで恋人はいない。大学ではもっぱら研究に明け暮れるばかりで、過去にも彼女がいた様子はない。

天文学科の学生の大半は大学院へと進む。おそらく敷島もそうするのだろう。

海里の耳に入ってきたのは、こんな情報だった。

海里は、透里に恋人がいないことを聞いて妙に安堵した。そして、そんなことで安心している自分自身をあざ笑った。

これではまるで、自分が透里を恋人にしたがっているようではないか。

しかし、そんな考えが頭を掠めると、何故《なぜ》かそれもあり得るなと思い始めてしまう。

海里は自分の中に生まれたおかしな感情に、なんという名を当て填《は》めればいいのか、透里の姿を見かけるたびに考えた。

学部が離れている一、二年の間は気が気ではなかった。

透里が自分の知らない誰かを恋人にするのではないかと心配だったのだ。だが、それを嫉《しっ》妬《と》と認めるには何かが違う気がする。

もし透里を本気で恋人にしたいなら、さっさと名乗り出て告白すればいいだけの話だ。

男同士だという障害もある。無残に振られる可能性のほうが高いが、それはそれですっきりする。

あるいは透里をさらい、無理やりにでも自分のものにしてしまうか……。

その考えに至った時、海里はぞくりと背筋が震えるのを覚えた。

いったい自分は透里をどうしたいのだろう。

ストーカーのように隠れてこそこそ透里の姿を眺め、何をしたいのだろうか。

子供の時に抱いた憧憬とは違う。肉親に向けるような穏やかな感情でもない。もっとどろどろとして昏《くら》い感情だ。

ふらりと透里の前に姿を見せれば、何が起きるか。

透里は、昔捨てた弟が顔を見せても、苦り切った表情をするだけかもしれない。あるいは過ぎ去った過去を懐かしむか、それとも少しは良心の痛みを感じて謝ってくるか。

だが、透里がどんな顔を見せたとしても、自分はきっと満足しない。

そんなとおり一遍の態度を示されても、満足などできるはずがなかった。

いつか、透里を取り戻す。完全に自分のものとして、そばに置く。

それが一番しっくりくる考えだ。

過去に裏切られ、傷つけられた恨みを晴らす。

そんな生半可なやり方では満足できない。

そう、例えて言うなら、透里を自分のそばに縛り付け、絶対に逃げ出さないように見張っていたいのかもしれない。

金の籠《かご》に閉じこめた金糸雀《カナリア》のように、自分だけのものとして、眺めていたいのかもしれなかった。

透里を手に入れる。

その目標さえ決まれば、あとはより確実な捕獲手段を模索するだけだ。今すぐ姿を現して、透里を逃がすような愚かな真似《まね》はしない。

時間をかけて罠《わな》を巡らし、透里が確実に自分のものになる日を待つ。

海里は、広い階段教室で心理学の講義を受けながら、ほくそ笑んだ。

まわりからは爽《さわ》やかな好青年というふうに見られている。

それが腹で何を考えているかを知れば、友人たちはどんな顔を見せるのか。想像しただけでおかしくなる。

「ねえ、敷島君。なんだかご機嫌ね。いいことでもあった?」

こっそり訊ねてきた女子学生に、海里はことさら魅力的な微笑を見せた。

「なんでもないさ。ただ昔のことを思い出していただけだ」

「そう、なんだ」

きれいなメイクを施した女子学生は、期待を込めるようにため息をつく。

だが、前を向いた瞬間、彼女への関心は完璧に消えていた。

頭にあるのは、どうやって透里を手に入れるか。

それだけだ。

†

在学中、間近で透里と擦《す》れ違ったのはたった一回だけだ。理学部棟の近くに用があって、ほかの仲間数人と歩いていた時のことだ。

擦れ違いざま、ほんの一瞬目が合って、透里ははっとしたような様子を見せた。

しかし、海里はまったく気づかなかったように、わざと視線をそらして隣にいた友人との会話を続けた。

今じゃない。今はまだ早い。

より確実に手に入れるには、まだ時期尚早。そうして、離れた場所から透里を眺めるだけで、それからも日々が過ぎていく。

心配だったのは透里の進路だ。もし就職でもされたら、こうして暢気《のんき》に構えてもいられなくなる。けれども天文学科の通例どおり、透里は大学院へ進むことを決めた。

海里は透里の暮らしぶりにもそれとなく探りを入れていた。

母親とのふたり暮らし。都内でも有数の高級マンションに住み、判で押したように大学との間を往復している。遊びまわっている様子はなく、極めて真面目な学生だった。

親子が贅沢な暮らしを維持できているのは、海里の父が援助しているからだろう。

逃げられた妻と縒《よ》りを戻し、息子の海里にも内緒で大金を貢いでいるのはどうかと思うが、父のプライベートに立ち入るつもりはなかった。

親子が屋敷から出ていったあと、自分と父との間には微妙な変化が生じていた。再婚に失敗したことで、息子を深く傷つけた。おそらくその後ろめたさからだろう。父はなんとなく海里に遠慮するようになっていたのだ。

そして、いつからか、はっきりとはわからないが、海里には隠して元妻との関係を復活させた。今度は単なる愛人としてだ。

父が何を求めてそうしたのか、正直言ってわからない。しかし、父なりに葛藤《かっとう》した結果なのだろうから、海里が口を出す問題でもなかった。

それに、そんなことぐらいで、父への尊敬と愛情が変わることもなかった。

月日は流れ、海里も大学を卒業する日が来た。

これからはこっそり透里を観察するという機会も減るが、父の会社に入社が決まっているので、しばらくは忙しい。それに透里も順調に博士課程に進むようなので、行動を起こすまでの時間はたっぷりとあった。

海里にとって計算違いだったのは、突然訪れた父の死だった。日頃から健康には留意していたはずなのに、過労がたたったせいか、父は初めての心筋梗塞であっけなく還《かえ》らぬ人となってしまったのだ。

悲しんでいられたのは通夜の日だけだった。

葬儀の日にはもうそれどころではなく、海里の肩にはいきなり、父が残したSHIKISHIMAコーポレーションの経営という重圧がのしかかってきた。

父を見送る人々は、こんな若造が後継者で、この先会社がどうなってしまうのかと、不安な様子を隠しもしない。その一方で、これをチャンスととらえ、策を弄してでも海里を排除し、自分自身がのし上がろうという者もいた。

しめやかに葬儀が行われているその水面下では、どろどろの戦いが始まっていると言っても過言ではなかった。

線香の匂いがふいに鼻につき、海里はそっと外を眺めた。その時、ふと傘を差した、ほっそりした青年の姿に目が留まる。

透里だった。

義理で出席したのかもしれないが、透里は心から父の死を悼《いた》んでいるように見える。

その瞬間、海里はすっと席を立った。

何もかも放り出して、今すぐ透里の元へ行きたい。

この先、どうなってもいい。だから、今この瞬間だけでも透里のそばに行って、その温《ぬく》もりを確かめたい。

そんな衝動に突き動かされる。

自分が声をかけたら、透里はどんなふうに応えてくれるのか。細い身体を力一杯抱きしめたら、どんな顔を見せるのか。

自分だって何を言おうとしているのか、わかっていたわけではない。

昔、置いていかれた時は本当に悲しかった。寂しくて寂しくて死にそうだった。

でも、こうして会うことができて嬉しい。

父の見送りに来てくれてありがとう。

間近で顔を合わせた瞬間、色々な言葉がほとばしるかもしれない。

それどころか、いい大人がみっともなく涙を流してしまうかもしれない。

だが、端《はた》からどう思われようと、透里に会いたい。会って、この腕でしっかりと透里を抱きしめたかった。

けれど、妄想は一瞬で終わりを告げる。

「海里君、焼香がそろそろ終わりになる。喪主からの挨拶《あいさつ》を……」

後ろから親戚のひとりにそう声をかけられて、海里ははっと現実に戻った。

「……わかり、ました」

大勢の弔問客が集まる中で、喪主の自分が勝手な行動を取るわけにはいかない。

それに、父の死でつい弱気になっただけで、今すぐ透里の目の前に現れることは計画にはなかった。

喪服の海里は毅然《きぜん》と顔を上げて、喪主としての挨拶に臨んだ。

出棺の時、ふと思い出して透里がいた場所に目をやった。しかし、そこにはすでにほっそりした姿はなく、ただ雨が降りしきっているだけだった。

†

薄闇の中で、海里はほっと息をついた。

しきりに昔のことを思い出すのは、透里を手に入れた幸せの反動だろうか。

葬儀の日、もし透里に声をかけることが可能だったら、もっと簡単に今の幸せが手に入っていたのかもしれない。

だが、それも過ぎ去った過去だ。悔やんだところで、取り戻せることでもないし、今はもう透里がちゃんとそばにいる。

腕にかかる重みが心地いい。

気持ちよく寝ている透里を起こさないように、じっと動かずにいる。

腕は軽く痺《しび》れてくるが、それでも透里の温もりを直に感じていられるのは幸せだった。

透里……兄さん……。

誰よりもあなたが大切だ。あなたがそばにいれば、ほかには何もいらない。

胸を震わせるこの思い……。

恋情なのか、それとも子供の頃から引きずっている、ただの執着なのか、明確な言葉にするのは難しい。

けれど、透里は何度も言ってくれた。

愛している、と——。

だから、眠っている透里を起こさないように、心の中だけで言葉にする。

——愛してる。誰よりも、愛してる。

海里は何度も呟《つぶや》いて、そっと透里に唇を寄せた。

そうして、なめらかな額に、思いのたけを込めて、触れるだけの口づけをした。

— 了 —

あとがき

こんにちは、秋山みち花です。このたびは【愛情契約】を、お手に取っていただき、ありがとうございました。

現代日本が舞台で、主人公がふたりとも日本人というお話、ヤクザもの以外ではずいぶん久しぶりに書いた気がします。ロマンス系の時は、攻め様が外国人というパターンが多かったので。

内容も【愛情契約】【愛情誓約】の二部構成で、わりとシリアス寄りになりました。なので、楽しんでいただけるかどうか、かなりドキドキしております。

でも、シリアス寄りと言っても、基本は変わりません。主人公の透里は一途な人。攻め主人公の海里も、傍目にはわかりにくいですが、透里だけに執着してますからね。まとまったあとは、もうふたりで勝手にやってください。お幸せに～、という感じです。

その「お幸せに～」なショートも書きました。あとがきの次ページに載せてもらってますので、少しでも楽しんでいただければ嬉しいです。ちなみに担当様の初読みコメントは「バカップル、素敵でした！」でした。あ、あとがきからお読みの方、ショートは本編消化後の口直しなので、順番を間違えないでくださいね。

イラストは陵クミコ先生にお願いしました。透里も海里も想像以上にかっこよくて、うっとりです。少年時代の彼らも可愛くてキュンキュン。陵先生、素敵なイラスト、本当にありがとうございました。

ご苦労をおかけした担当様、それから編集部をはじめ、本書の制作にご協力くださった皆様も、ありがとうございます。

そして、いつも応援してくださる読者様、本書が初めての読者様も、本当にありがとうございました。辛口、甘口取り混ぜて、ご感想大歓迎です。辛口は今後の執筆の指標に、甘口は心の糧にさせていただきますので、ぜひご感想お聞かせください。お待ちしております。

ルチル文庫さんでは、本書【愛情契約】に続き、二月刊でも書かせていただきました。【御曹司の婚姻】イラスト／緒田涼歌先生。内容はがらりと変わって時代ものです。こちらもぜひ、よろしくお願いします。

秋山みち花　拝

愛情特約

「……透里《とおり》……兄さん……」

温々《ぬくぬく》とした微睡《まどろ》みの中に、深みのある声が響く。

頬《ほお》にそっと揃えた指先を這《は》わされて、敷島《しきしま》透里はようやく重いまぶたを開けた。

「ん、……海里《かいり》？」

目覚めてみれば、海里はすでに出かける支度を終えている。上質なスーツに身を固め、一分の隙もない格好だった。

「すみません。起こしてしまいましたね」

カーテンが引かれた窓からは眩しい陽射《ひざ》しが射し込んでいる。寝過ごしたことを自覚した透里は、慌てて上半身を起こした。

「ごめん、海里」

短く謝りながらベッドから足を下ろそうとすると、海里にやんわりと動きを止められる。

「まだ眠いんでしょう？　そのまま寝ていればいい」

「ううん、もう眠くは……な、ふぁ……」

首を振って否定はしたものの、そのあと思わずあくびが出てしまう。

くすりとおかしげに笑われて、透里は赤くなった。

「ご、ごめん……」

目覚めはいいほうだと思っていたのに、子供みたいな反応をしたことが恥ずかしい。

しかし海里は、馬鹿にするでもなく、優しい眼差《まなざ》しを向けてきた。

そして大きな手を項《うなじ》に当てられると、それだけで心臓の鼓動が高鳴る。

「昨夜《ゆうべ》も遅かった。兄さんは春休みなんだから、もっとゆっくり身体《からだ》を休めてください」

「でも、もう起きるよ。だって、海里はもう出かけるんだろ？」

「ずっと兄さんの顔を見ていたいところですが、会社を放っておくわけにもいかない」

海里はそう言いながら、わざとらしく顔をしかめる。

少し前までは冷ややかな表情しか見せてくれなかったのに、ずいぶんな変わり様だ。しかし透里にとっては、これも嬉しい変化のひとつだった。

「ごめん……何か手伝ってあげられればいいんだけど、ぼくじゃなんの役にも立たない」

「気持ちだけで嬉しいですよ」

海里はすっと腰をかがめ、唇を近寄せてくる。

赤くなった頬にそっとキスされて、透里は幸せを噛みしめた。

海里はそのままくるりと背を向けて歩き出す。

「それじゃ、行ってきます」

「うん……帰りは？」

結局はベッドの中で海里を見送ることになってしまった。その恥ずかしさをごまかすように訊《たず》ねると、振り返った海里がにっこりと極上の笑《え》みを見せる。

「なるべく早く帰りますから」

「うん、待ってる……行ってらっしゃい」

そっと声をかけると、海里はいちだんと笑みを深めた。

けれどもその後はきっぱりと未練を断ち切るように背中を向ける。

海里の姿が部屋から消え、透里はふうっと大きく息をついた。

なんでもない、まるで子供のママゴトのようなやり取りなのに、胸の高鳴りがいつまでも消えなかった。


透里の身分は〝愛人〟だった。

今のところ収入がなく、一時的に弟だった海里に生活のすべてを委《ゆだ》ねているのだから、〝愛人〟と呼ばれることにはまったく異存がない。

しかし〝愛人〟としての仕事をきちんと全《まっと》うしているかとなると、疑問に思わずにはいられなかった。

昔であれば、正妻に子供がない場合、代わりに跡継ぎを産むというのが重要な役目だっただろう。次には主人が快楽を得られるように奉仕するとかだろうか。

だが、自分は男で子供も産めないし、セックスで海里を満足させているかどうかも怪しい限りだ。

海里の世話になっている以上、少しでも役に立つことをしたいと思う。しかし具体的にどうすればいいかとなると、なんの考えも浮かばなかった。

家事を完璧にこなして、疲れて帰ってくる海里を温かく迎える。

そうできれば一番いいのだろうが、それも非現実的だ。敷島の屋敷は広大で、掃除や管理ひとつ取っても自分の手に余る。それに料理だって家政婦の吉井《よしい》が作ってくれるので、透里が手を出す余地はなかった。

だが、この日、透里は思わぬ偶然で、家庭的な役割をこなすというチャンスを得ることになったのだ。

いつもどおり昼食を取りに階下へ降りていった時だ。

透里は階段で蹲《うずくま》っている吉井を発見し、驚きの声を上げながら駆け寄った。

「大丈夫ですか？」

吉井は背中に手を当てて、苦しげに顔を歪《ゆが》めている。

「す、すみません……食事の用意がまだ……」

「そんなことより、どうしたんです？　どこか傷《いた》めたんですか？　立てますか？」

立て続けに質問すると、吉井は力なく首を横に振る。

「もしかして、腰？」

「はい……急に痛くなって」

普段、てきぱきと仕事をこなす吉井なのに、答える声がなんとも弱々しい。

素人《しろうと》判断ではあるが、いわゆるギックリ腰というやつだろう。

「救急車、呼びましょうか？」

「いえ、とんでもない。そんなの困《こ》ります」

吉井は額に汗を浮かべながら固辞《じ》する。

それで透里は仕方なく、タクシーを呼んで、吉井を病院へ連れていくことにした。

「申し訳ありません」

「いえ、これぐらい大丈夫ですから」

途中で何度もそんなやり取りを交わしながら、なんとか病院までたどりつく。

そして下された診断は、二、三日の絶対安静だった。大事を取って一日は入院したほうがいいだろうということになり、吉井の家族にその旨を連絡する。

吉井の娘が駆けつけてきて、ようやく透里はお役ご免となった。

「本当に申し訳ございません、透里様。お食事の支度、なんにもできてなくて」

「大丈夫ですよ」
「海里様がお戻りになるのに、夕飯も」
「大丈夫ですから……海里にはぼくから連絡します。吉井さんが復帰されるまで、外食でもなんでもすればいいだけですから」

透里がそう言って宥《なだ》めると、吉井は目を潤ませる。

昔の経緯もあって、吉井とはあまり友好的な関係を結べていなかった。しかし、これで少しは歩みよるきっかけになるかもしれない。

そして透里は、病院を出る時に、ふと思いついたのだ。

これは千載一遇《せんざいいちぐう》のチャンスかもしれない。

有能な家政婦はしばらく休みになる。

だったら、自分が代わりに食事の支度をしてもいいわけだ。

今まで料理など一度もしたことがない。あまり高望みをしても失敗するだけだと思い、透里は簡単なメニューに挑戦することにした。

簡単で、なるべくなら喜んでもらえるもの。

「海里、オムライス好きだったよな……」

独りごちた透里は、途中のスーパーで食材を買い込み、張り切って屋敷へと戻った。

それから三時間後——。

透里は絶望的な思いで、キッチンの隅に置かれた椅子にへたり込んでいた。

取りあえずチキンライスを作っておき、海里が帰ってから卵焼きで包む。

思い描いた手順はそれだったが、どうにか作ったチキンライスはぐちゃっとして、少しも美味《おい》しそうじゃなかった。

なんの経験もない透里にはネットで得る知識だけが頼りだ。詳しく下調べをして、米の研《と》ぎ方や水加減、材料の切り方や炒め方、すべてレシピどおりにやったつもりなのに、うまくいかなかったのだ。

キッチンで格闘している間に、あたりはすっかり暗くなっていた。もうすぐ海里も帰ってくるだろう。

海里に喜んでもらいたい。

——子供の頃好きだったオムライスを作ったよ。

そう言ってやったら、海里はどんな顔を見せるだろう。

夢みたいなことを考えて、その気になっていた自分がつくづく情けなかった。

おまけにタマネギを刻んだ時に指を切ってしまった。テープを巻いた箇所が、惨《みじ》めな気分に追い討ちをかけるようにズキズキと痛む。

しかし、ここで諦めてしまえば、本当に何もできないままだ。

透里はほうっとひとつ息をついて椅子から立ち上がった。

せめてサラダぐらいは用意しよう。それもだめだったら、今日の分は次のための練習だと思えばいい。

そう思い直した透里は、冷水に浸してあったトマトと包丁を手に取った。

八等分に切るだけなら、誰にでもできる。

だが、切り分けたトマトの芯を落とそうとした時、つるりと包丁の刃先が滑る。

「あっ」

最初に感じたのはチクッとした痛みだった。

だが傷ついた掌《てのひら》から思いがけないほど大量の血が噴き出してくる。

動転した透里はその場で棒立ちになった。

鋭い声が響き渡ったのはその直後だ。

「何やってるんですか！」

駆け寄ってきたのはスーツ姿の海里だった。

透里は瞬く間に包丁を取り上げられて、怪我した手もつかまれる。

「何やってるんですか？　どうしてこんな怪我！」

海里は呻《うめ》くように言いながら、自分の首からネクタイを引き抜き、そのまま透里の腕に巻きつけた。

痛みはさほど感じないのに、シャツやエプロンにも血が飛んでいる。惨憺《さんたん》たる有様だ。

「ごめん……」

「とにかく救急箱を取ってきます。それまでそこに座ってて」

手近の椅子に押しつけるように座らされ、透里はさらに惨めな気分になった。

海里を喜ばせようと思ったのに、トマトひとつまともに切れずに、かえって心配させてしまったのだ。

海里は救急箱を手に、飛ぶように戻ってきた。そして傷口を消毒したあと薬を塗って包帯を巻かれる。

自分と違って海里は元から器用なのだろう。手際のよさは驚くほどだった。

「それで？　どうしてこんな怪我をしたんです？　まさか料理をしようと思ったわけじゃないでしょうね」

険しい顔つきで詰問され、透里は蚊の鳴くような声で答えた。

「……オムライスを作ろうと思って……」

「オムライス？　……何故？」

海里の表情はさらに厳しいものになる。

透里は答えようもなく、ただ身を縮ませるだけだった。

これだけ迷惑をかけたあとで、海里のために料理をしようと思ったのだとはとても明かせない。

「吉井さんは?」

「腰を傷めて病院」

「それでオムライスを?」

「うん」

「食べたかったんですか?」

眉間に皺《しわ》を寄せたままで訊ねられ、透里は仕方なく頷いた。

とたんに海里が大きくため息をつく。

「オムライスぐらいなら、俺が作ります。あなたはもう二度と包丁など使わないでください」

「海里、でも……」

「あなたが血まみれになっているのを見て、寿命がどれだけ縮んだことか」

それは大げさだろう。本当はそう続けたかったが、とても言い出せる雰囲気ではない。結局は黙って海里に従うしかなかった。

けれど、その後透里はさらに驚かされることになる。

着替えてきた海里は、真新しいエプロンを腰に巻き、颯爽《さっそう》と調理を始めたのだ。

ぐちゃぐちゃだったチキンライスが、ほんのちょっと手を加えただけで見事に蘇《よみがえ》り、まるで芸術品のように肌理《きめ》の細かいきれいな薄焼き卵でふんわりと包まれる。

皿に盛りつけられたオムライスには、ケチャップでハートマークまでが描かれていた。

「こういうのが食べたかったんでしょう?」

「海里……」

透里は頬を染めながら、しれっとした海里の顔を見つめた。

ハートマークはやりすぎだと思う。でも確かに、海里と一緒に食べたかったのは、こんなオムライスだ。

「まったく……オムライスが好きだなんて、子供ですね、兄さん」

「ぼくだけじゃない。海里もオムライスが好きだっただろう?」

透里はそう訊ね返したが、海里は答えを拒むように横を向く。

けれども、その横顔にはいくぶん照れたような表情が浮かんでいた。

やっぱりオムライスが好きだったんだ。

なんだか嬉しくなって、透里はにっこりと微笑んだ。

近いうちにもう一度トライしようと心に固く誓いながら——。

✦初出　愛情契約……………書き下ろし
愛情誓約……………書き下ろし
愛情特約……………書き下ろし

秋山みち花先生、陵クミコ先生へのお便り、本作品に関するご意見、ご感想などは
〒151-0051 東京都渋谷区千駄ヶ谷 4-9-7
幻冬舎コミックス　ルチル文庫「愛情契約」係まで。

幻冬舎ルチル文庫

愛情契約

2013年1月20日　　第1刷発行

✦著者	秋山みち花　あきやま みちか
✦発行人	伊藤嘉彦
✦発行元	株式会社 幻冬舎コミックス 〒151-0051 東京都渋谷区千駄ヶ谷 4-9-7 電話 03(5411)6432[編集]
✦発売元	株式会社 幻冬舎 〒151-0051 東京都渋谷区千駄ヶ谷 4-9-7 電話 03(5411)6222[営業] 振替 00120-8-767643
✦印刷・製本所	中央精版印刷株式会社

✦検印廃止

ISBN978-4-344-82724-0　C0193　Printed in Japan